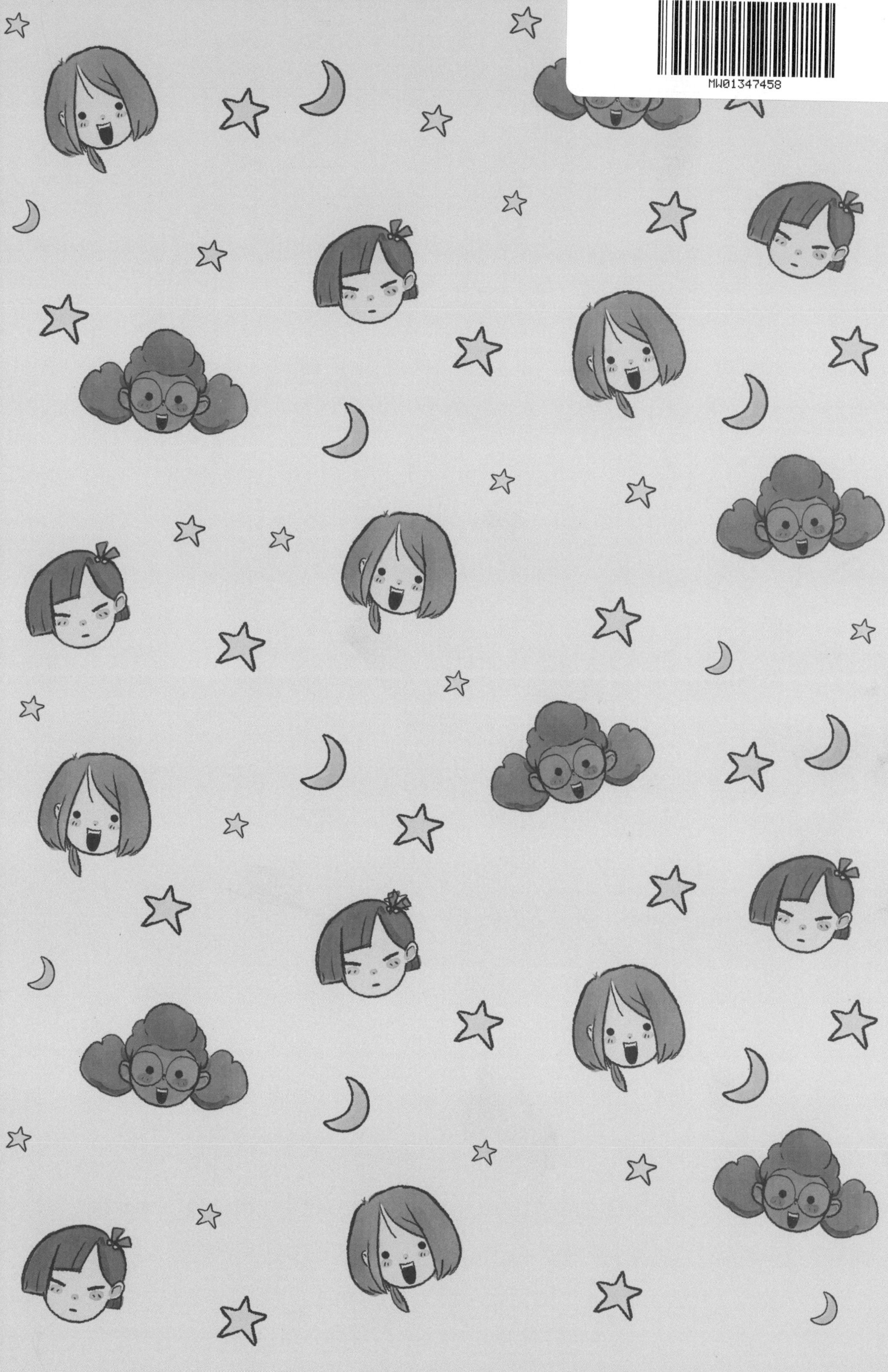

Lily Medialuna

Las Gemas Mágicas

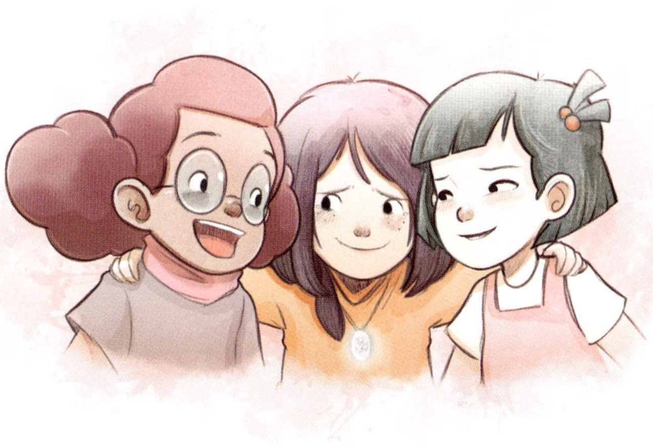

Xavier Bonet

Beascoa

A mis hijos, Dani y Martí, motores de mi imaginación.
A mi pareja, familia y amigos, que me apoyáis
sin descanso y sin condiciones.
A mi sobrina Sara, por toda tu ayuda.

X.B.

Papel certificado por el Forest Stewardship Council®

Primera edición: junio de 2022

© 2022, Penguin Random House Grupo Editorial, S.A.U.
Travessera de Gràcia, 47-49. 08021 Barcelona
© 2022, Xavier Bonet, por las ilustraciones

Penguin Random House Grupo Editorial apoya la protección del *copyright*.
El *copyright* estimula la creatividad, defiende la diversidad en el ámbito de las ideas y el conocimiento, promueve la libre expresión y favorece una cultura viva. Gracias por comprar una edición autorizada de este libro y por respetar las leyes del *copyright* al no reproducir, escanear ni distribuir ninguna parte de esta obra por ningún medio sin permiso. Al hacerlo está respaldando a los autores y permitiendo que PRHGE continúe publicando libros para todos los lectores. Diríjase a CEDRO (Centro Español de Derechos Reprográficos, http://www.cedro.org) si necesita fotocopiar o escanear algún fragmento de esta obra.

Printed in Spain – Impreso en España

ISBN: 978-84-488-6073-8
Depósito legal: B-9.694-2022

Diseño de Victoria Salsas
Impreso en Soler Talleres Gráficos
Esplugues de Llobregat (Barcelona)

BE 60738

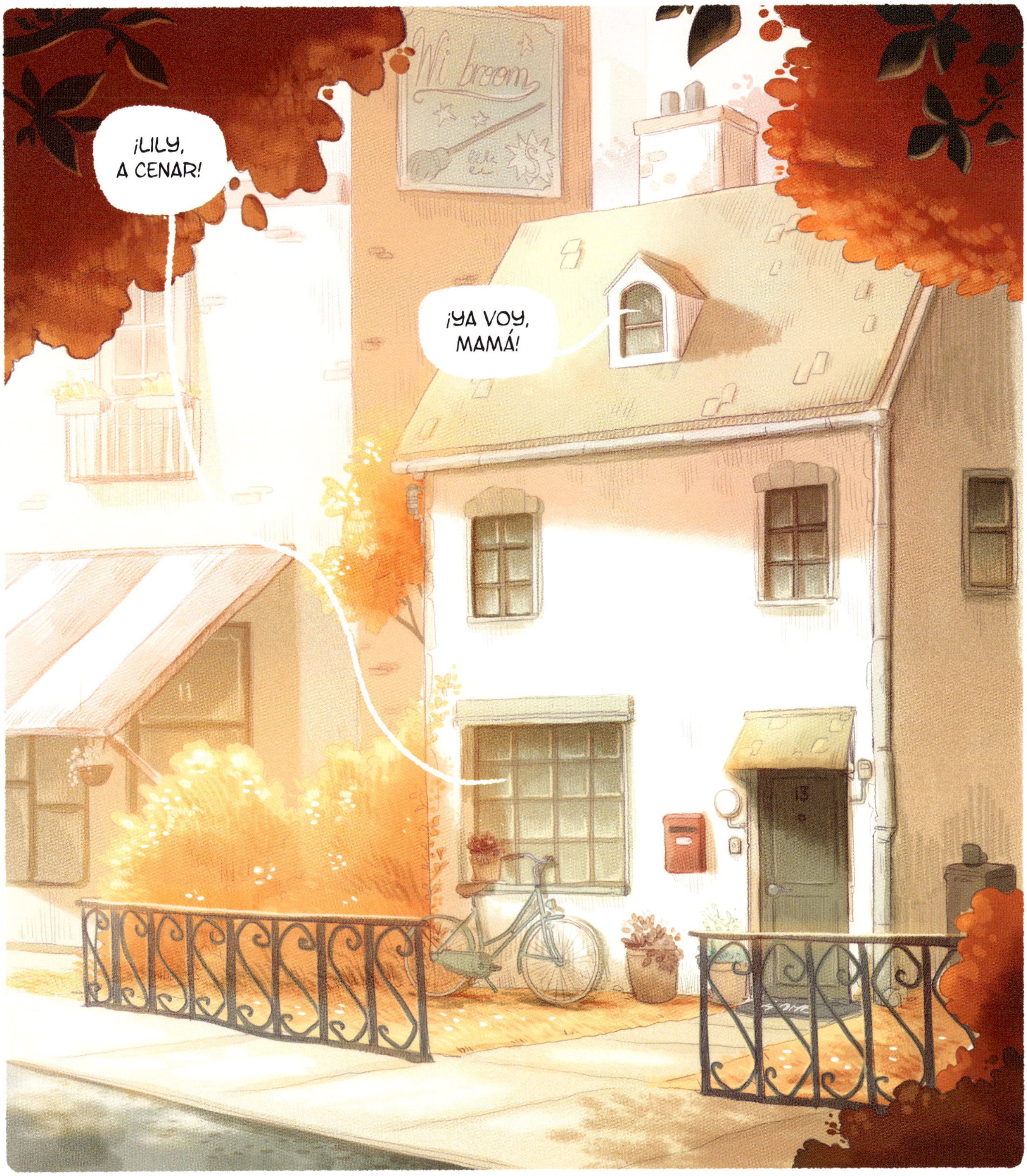
Wi broom
¡LILY, A CENAR!
¡YA VOY, MAMÁ!

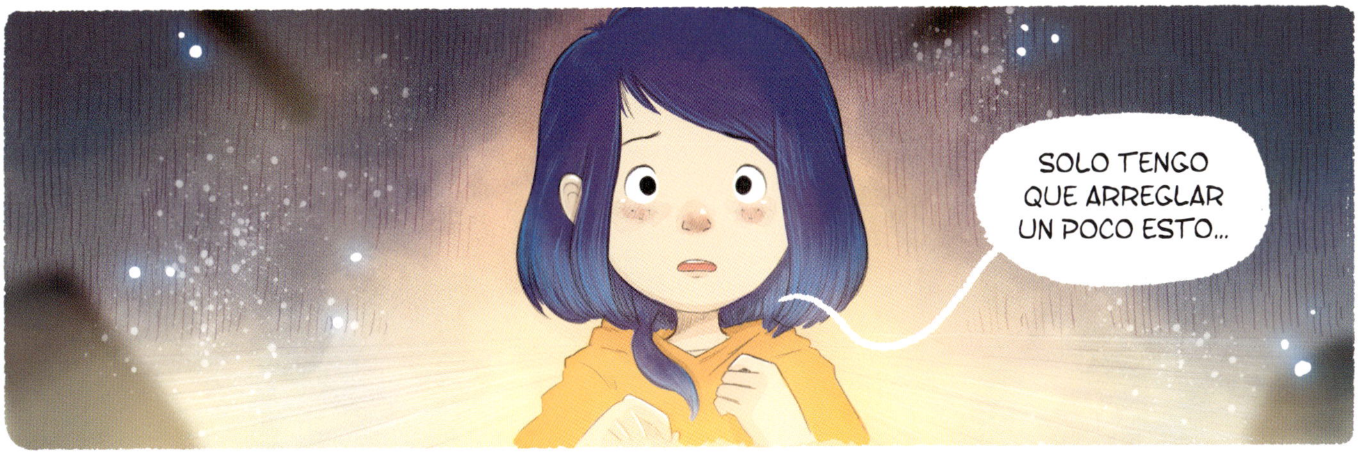
SOLO TENGO QUE ARREGLAR UN POCO ESTO...

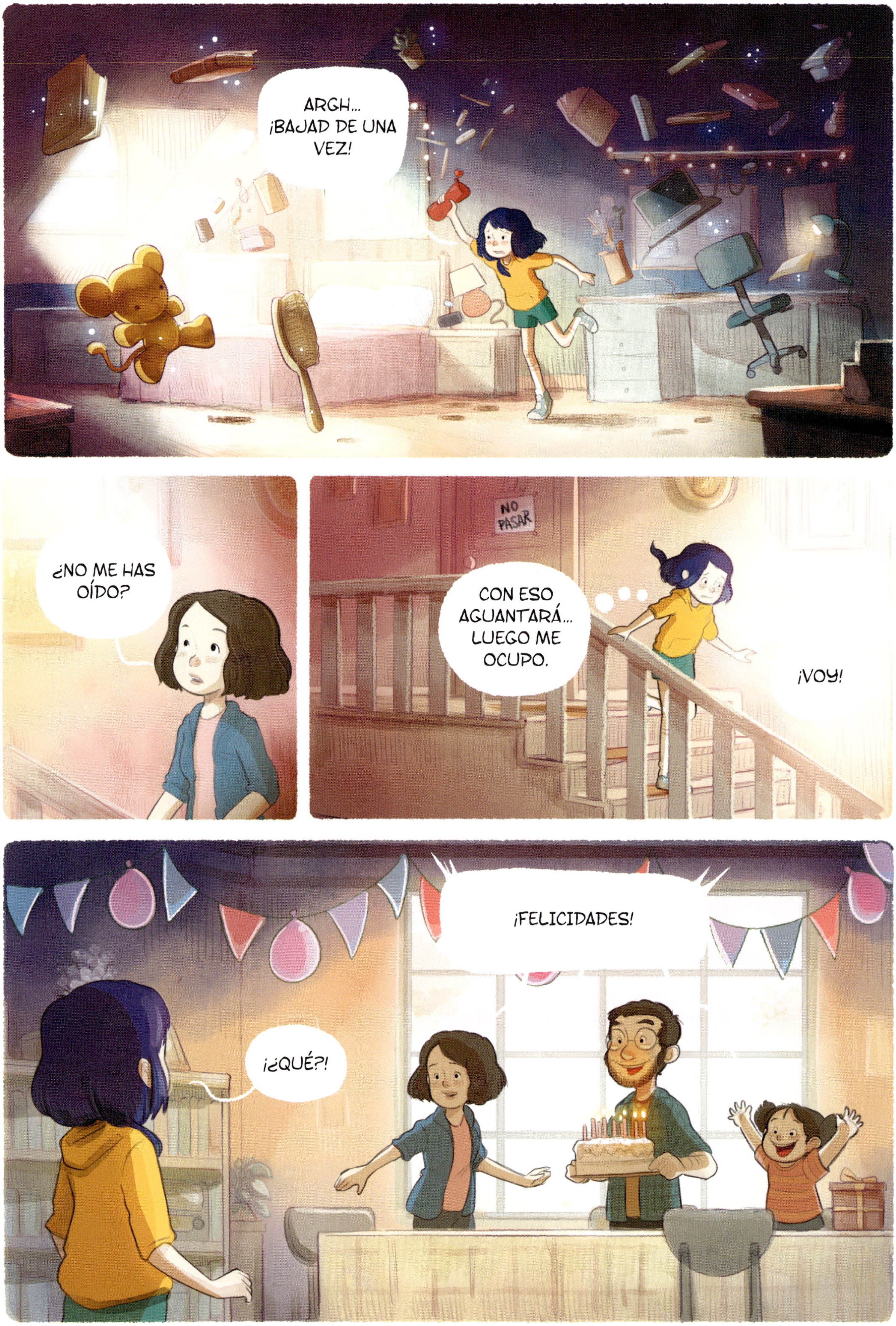
ARGH... ¡BAJAD DE UNA VEZ!
¿NO ME HAS OÍDO?
NO PASAR
CON ESO AGUANTARÁ... LUEGO ME OCUPO.
¡VOY!
¡FELICIDADES!
¡¿QUÉ?!

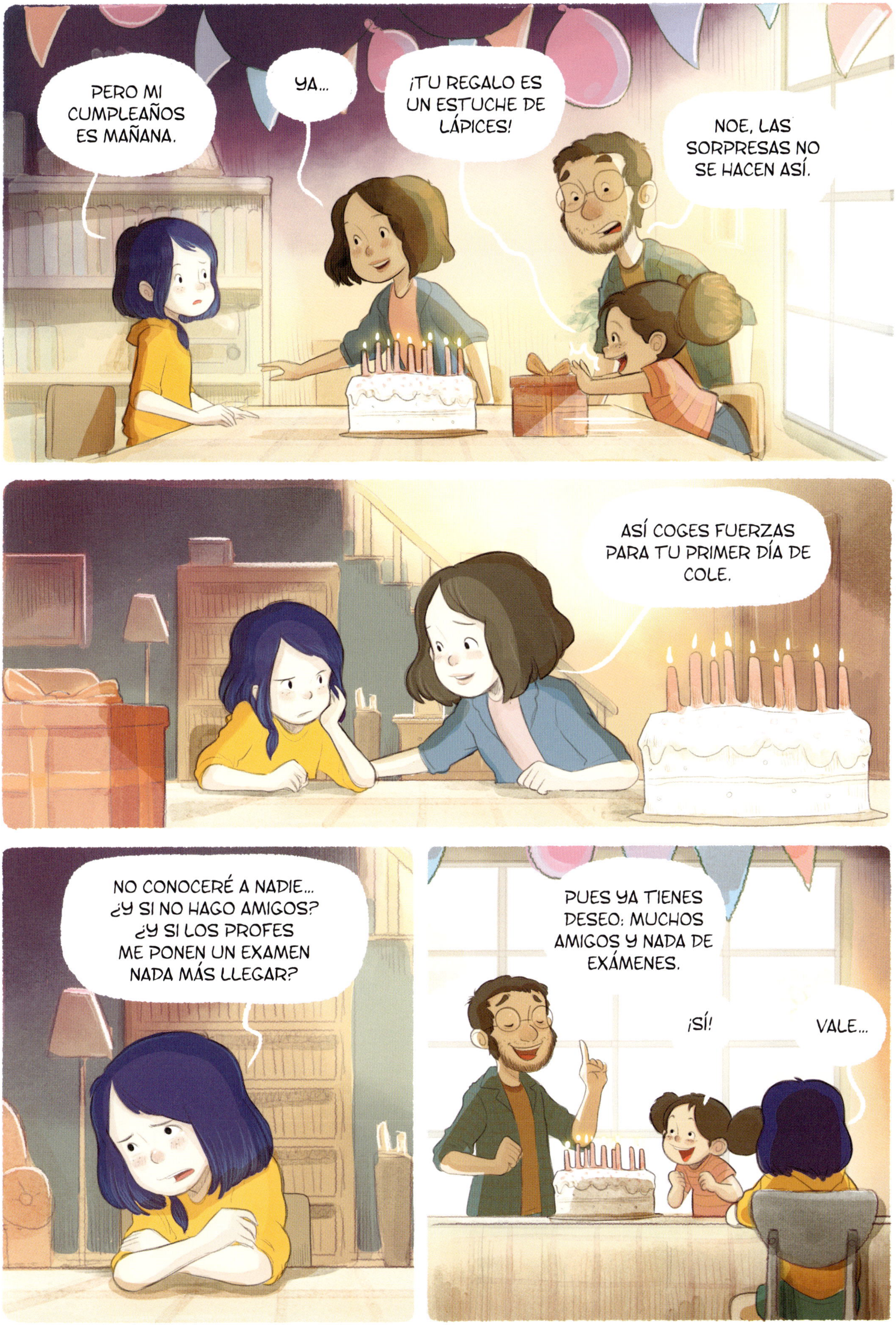
PERO MI CUMPLEAÑOS ES MAÑANA.
YA...
¡TU REGALO ES UN ESTUCHE DE LÁPICES!
NOE, LAS SORPRESAS NO SE HACEN ASÍ.
ASÍ COGES FUERZAS PARA TU PRIMER DÍA DE COLE.
NO CONOCERÉ A NADIE... ¿Y SI NO HAGO AMIGOS? ¿Y SI LOS PROFES ME PONEN UN EXAMEN NADA MÁS LLEGAR?
PUES YA TIENES DESEO: MUCHOS AMIGOS Y NADA DE EXÁMENES.
¡SÍ!
VALE...

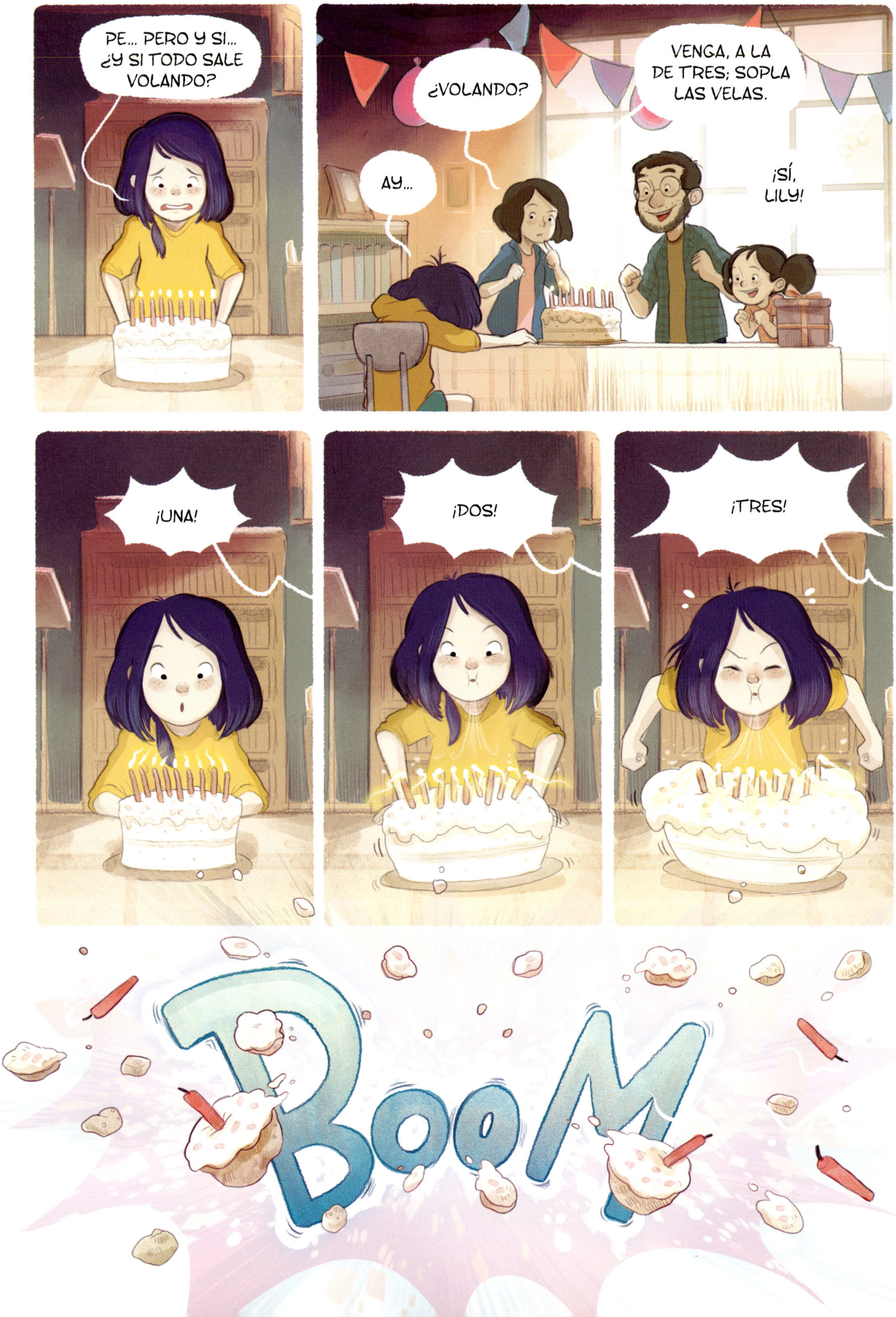
PE... PERO Y SI...
¿Y SI TODO SALE VOLANDO?
¿VOLANDO?
VENGA, A LA DE TRES; SOPLA LAS VELAS.
AY...
¡SÍ, LILY!
¡UNA!
¡DOS!
¡TRES!
BOOM

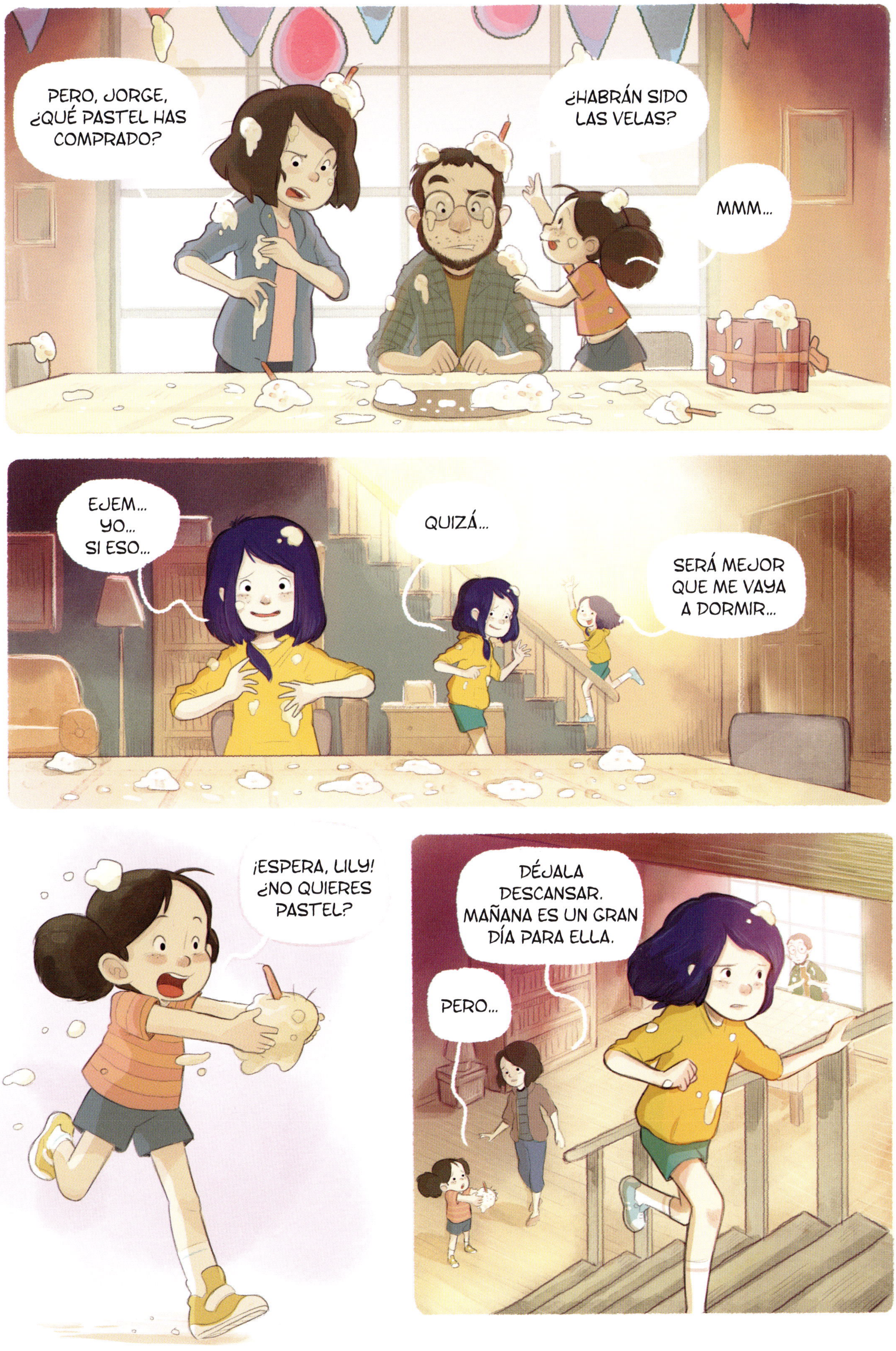

PERO, JORGE, ¿QUÉ PASTEL HAS COMPRADO?
¿HABRÁN SIDO LAS VELAS?
MMM...
EJEM... YO... SI ESO...
QUIZÁ...
SERÁ MEJOR QUE ME VAYA A DORMIR...
¡ESPERA, LILY! ¿NO QUIERES PASTEL?
DÉJALA DESCANSAR. MAÑANA ES UN GRAN DÍA PARA ELLA.
PERO...

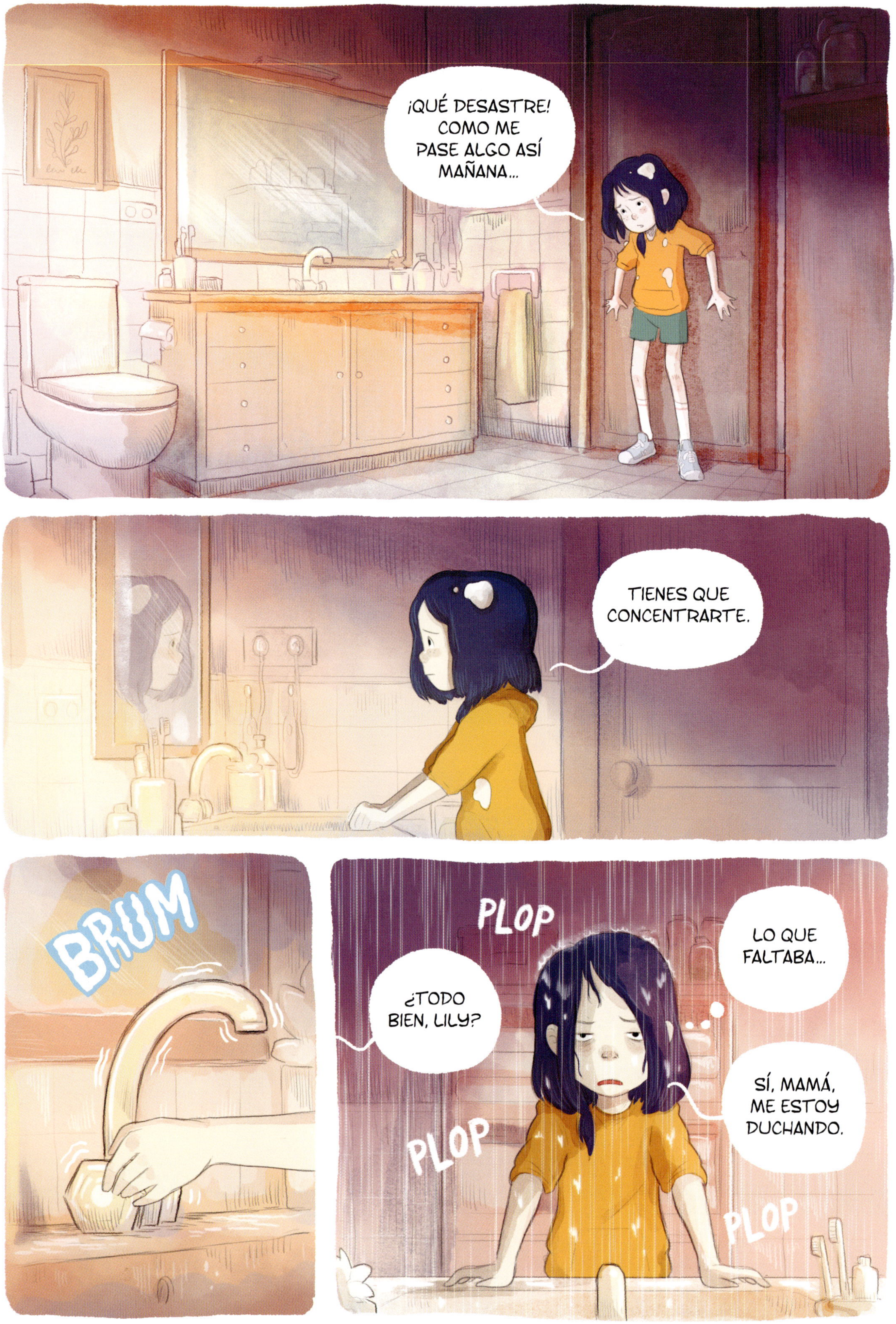
¡QUÉ DESASTRE! COMO ME PASE ALGO ASÍ MAÑANA...
TIENES QUE CONCENTRARTE.
BRUM
PLOP
¿TODO BIEN, LILY?
LO QUE FALTABA...
SÍ, MAMÁ, ME ESTOY DUCHANDO.
PLOP
PLOP

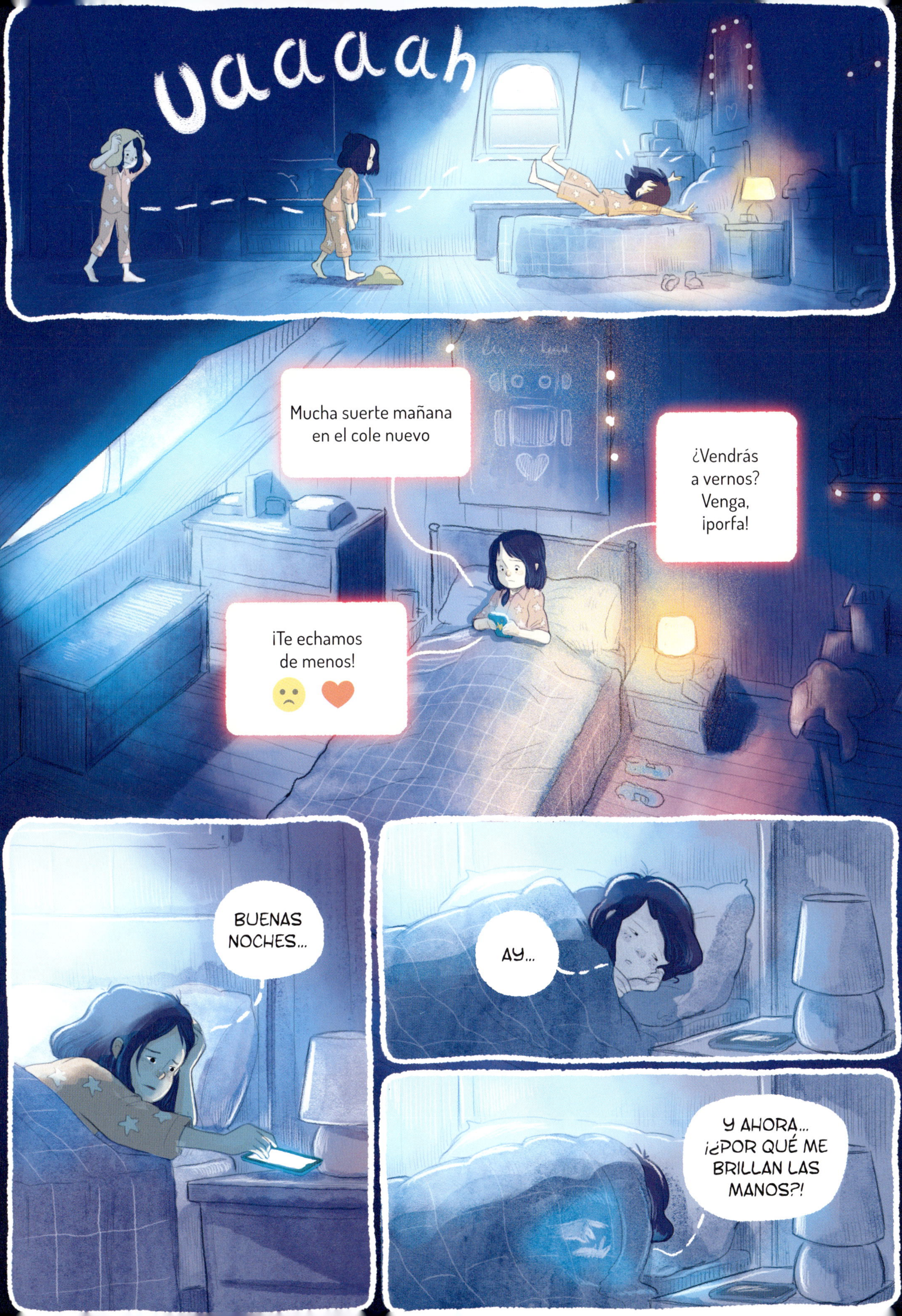
Uaaaah
Mucha suerte mañana en el cole nuevo
¿Vendrás a vernos? Venga, ¡porfa!
¡Te echamos de menos!
BUENAS NOCHES...
AY...
Y AHORA... ¡¿POR QUÉ ME BRILLAN LAS MANOS?!

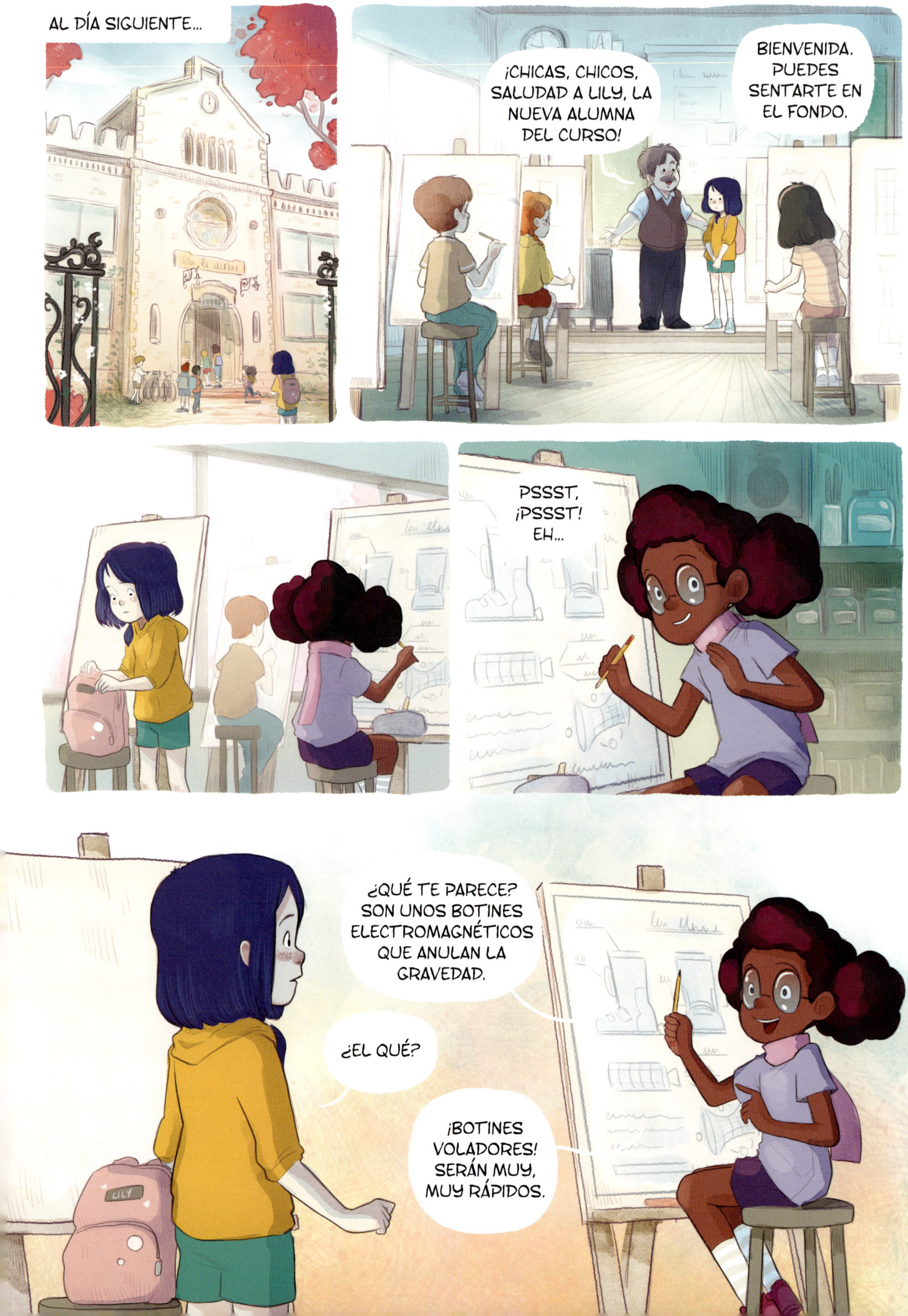
AL DÍA SIGUIENTE...
¡CHICAS, CHICOS, SALUDAD A LILY, LA NUEVA ALUMNA DEL CURSO!
BIENVENIDA. PUEDES SENTARTE EN EL FONDO.
PSSST, ¡PSSST! EH...
¿QUÉ TE PARECE? SON UNOS BOTINES ELECTROMAGNÉTICOS QUE ANULAN LA GRAVEDAD.
¿EL QUÉ?
¡BOTINES VOLADORES! SERÁN MUY, MUY RÁPIDOS.
LILY

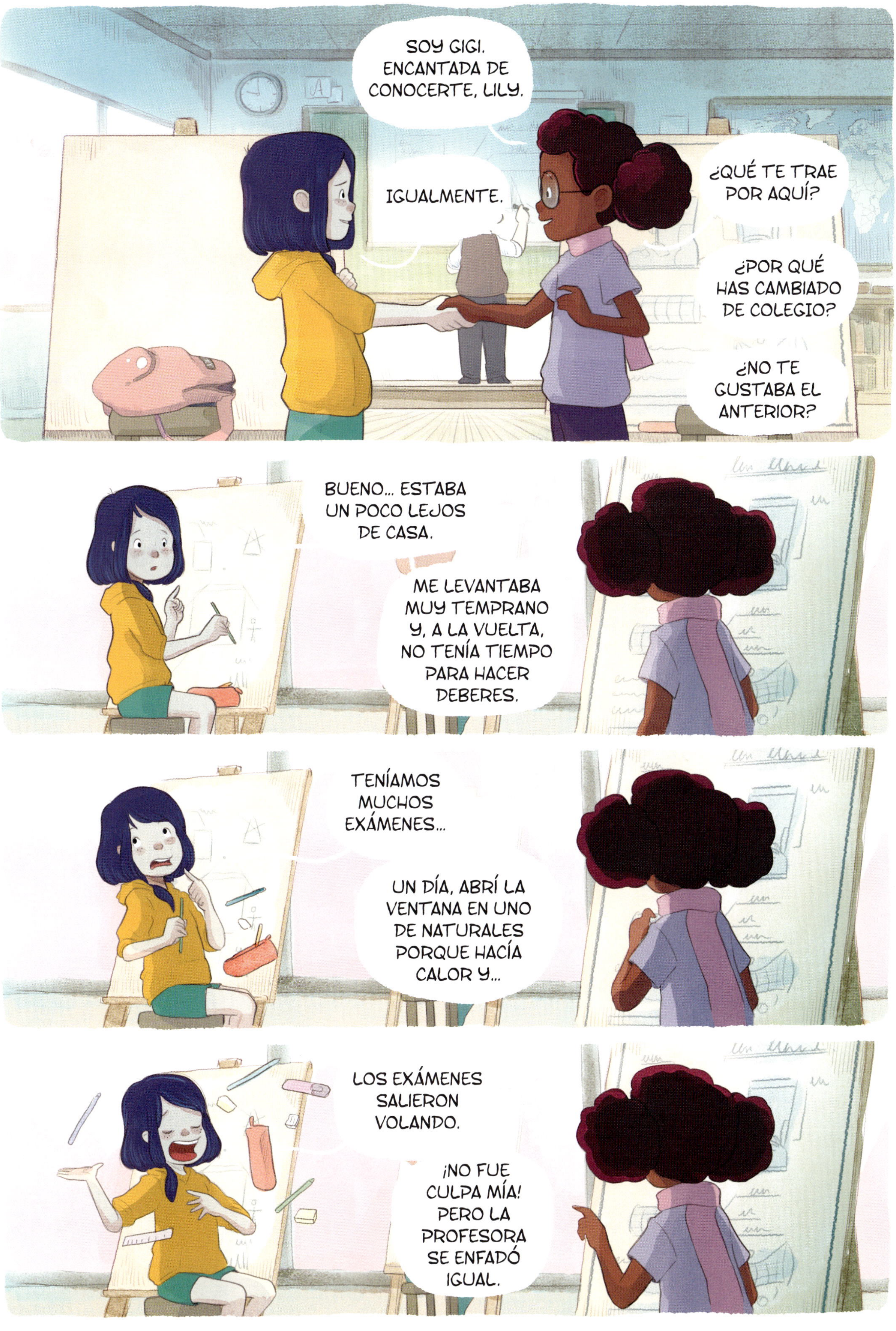
SOY GIGI. ENCANTADA DE CONOCERTE, LILY.
IGUALMENTE.
¿QUÉ TE TRAE POR AQUÍ?
¿POR QUÉ HAS CAMBIADO DE COLEGIO?
¿NO TE GUSTABA EL ANTERIOR?
BUENO... ESTABA UN POCO LEJOS DE CASA.
ME LEVANTABA MUY TEMPRANO Y, A LA VUELTA, NO TENÍA TIEMPO PARA HACER DEBERES.
TENÍAMOS MUCHOS EXÁMENES...
UN DÍA, ABRÍ LA VENTANA EN UNO DE NATURALES PORQUE HACÍA CALOR Y...
LOS EXÁMENES SALIERON VOLANDO.
¡NO FUE CULPA MÍA! PERO LA PROFESORA SE ENFADÓ IGUAL.

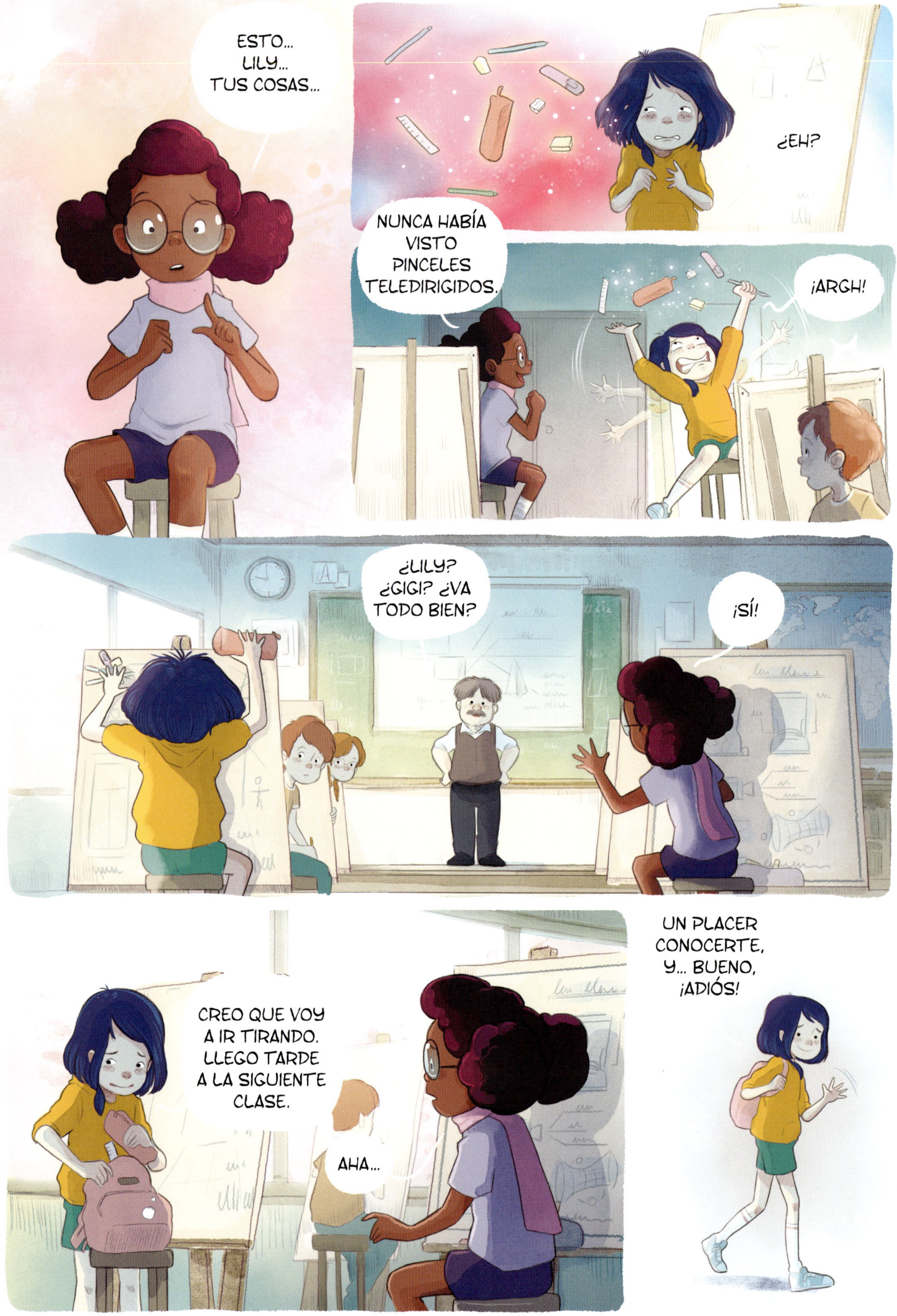
ESTO... LILY... TUS COSAS...
¿EH?
NUNCA HABÍA VISTO PINCELES TELEDIRIGIDOS.
¡ARGH!
¿LILY? ¿GIGI? ¿VA TODO BIEN?
¡SÍ!
CREO QUE VOY A IR TIRANDO. LLEGO TARDE A LA SIGUIENTE CLASE.
AHA...
UN PLACER CONOCERTE, Y... BUENO, ¡ADIÓS!

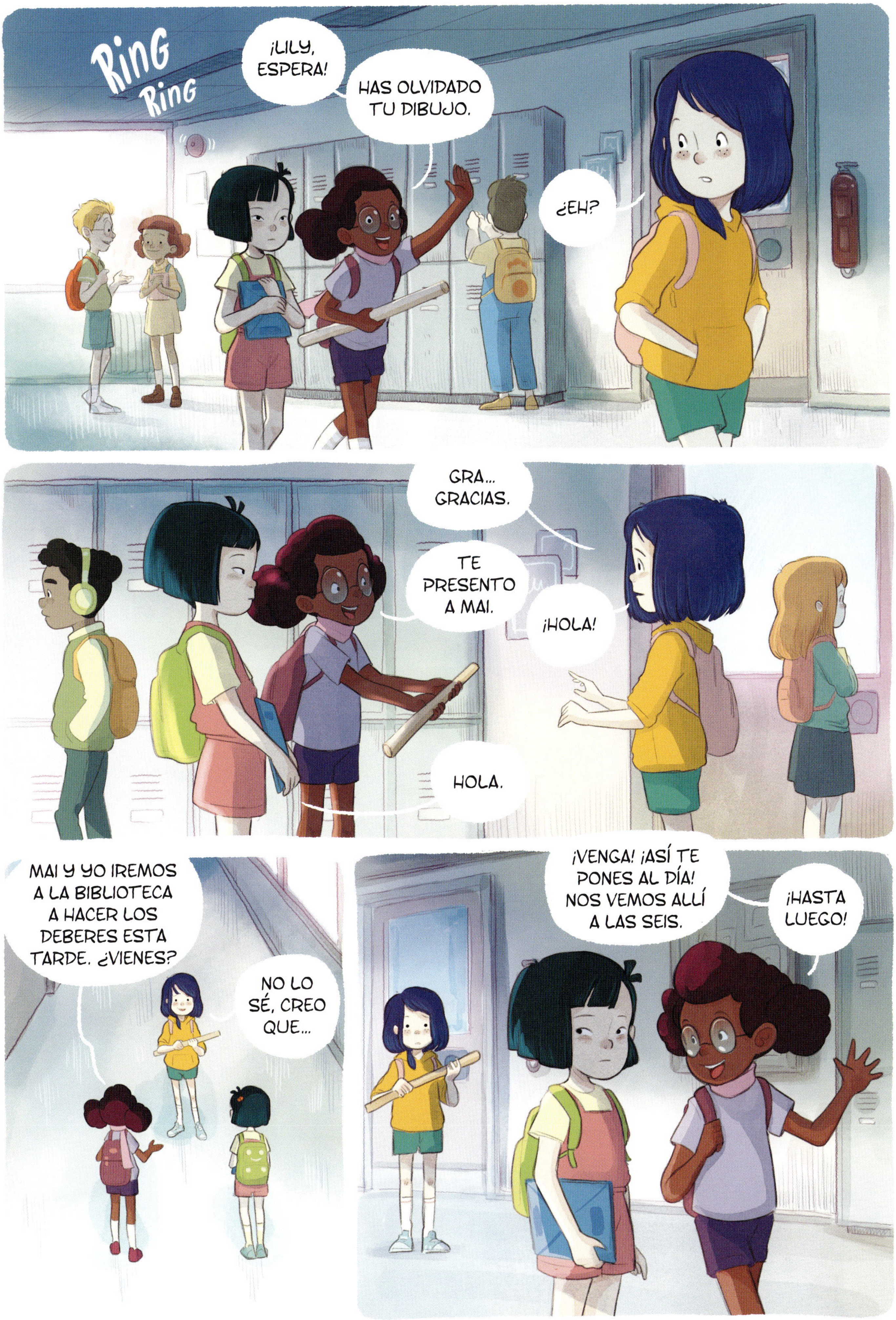
RING
RING
¡LILY, ESPERA!
HAS OLVIDADO TU DIBUJO.
¿EH?
GRA... GRACIAS.
TE PRESENTO A MAI.
¡HOLA!
HOLA.
MAI Y YO IREMOS A LA BIBLIOTECA A HACER LOS DEBERES ESTA TARDE. ¿VIENES?
NO LO SÉ, CREO QUE...
¡VENGA! ¡ASÍ TE PONES AL DÍA! NOS VEMOS ALLÍ A LAS SEIS.
¡HASTA LUEGO!

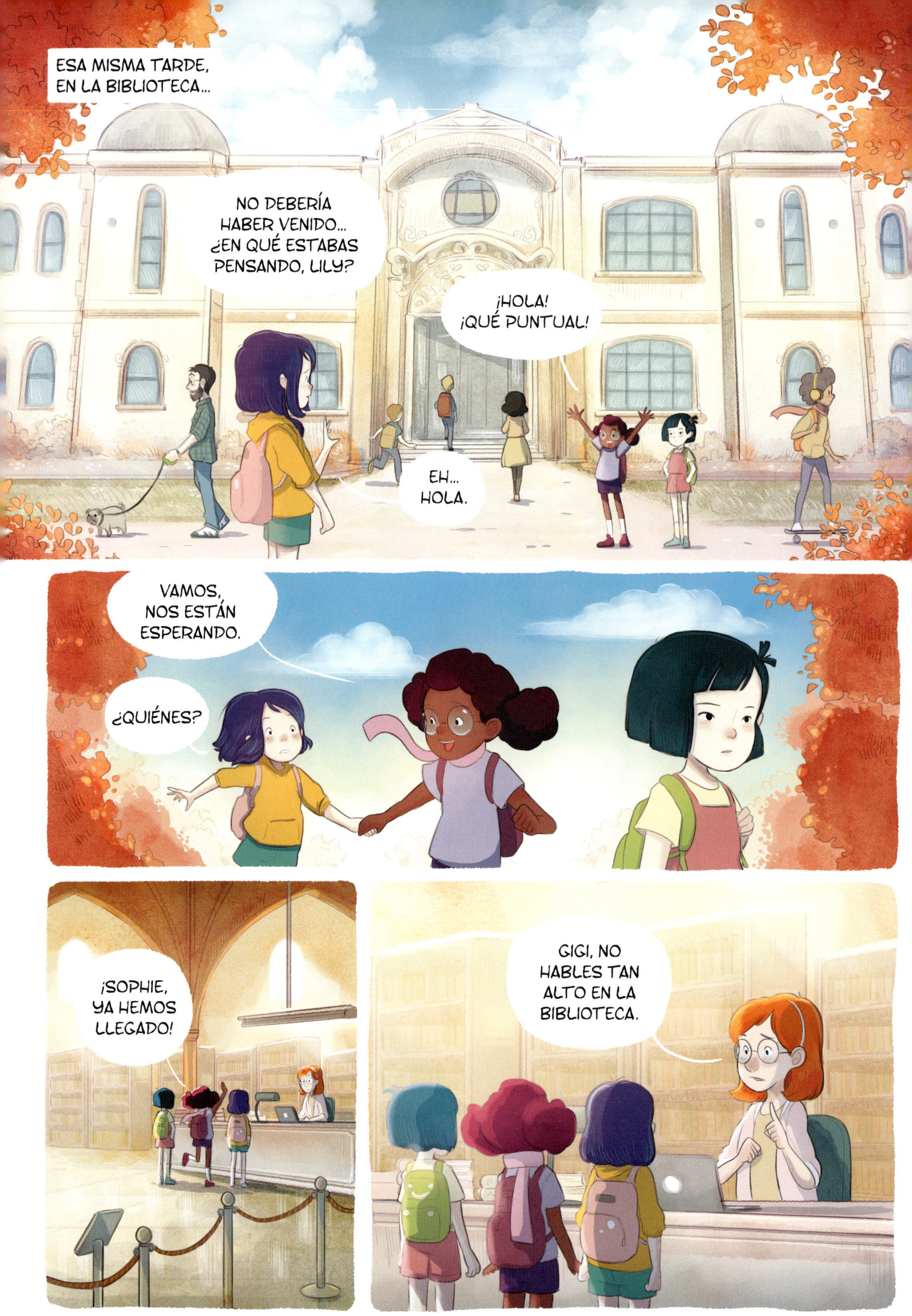
ESA MISMA TARDE, EN LA BIBLIOTECA...
NO DEBERÍA HABER VENIDO... ¿EN QUÉ ESTABAS PENSANDO, LILY?
¡HOLA! ¡QUÉ PUNTUAL!
EH... HOLA.
VAMOS, NOS ESTÁN ESPERANDO.
¿QUIÉNES?
¡SOPHIE, YA HEMOS LLEGADO!
GIGI, NO HABLES TAN ALTO EN LA BIBLIOTECA.

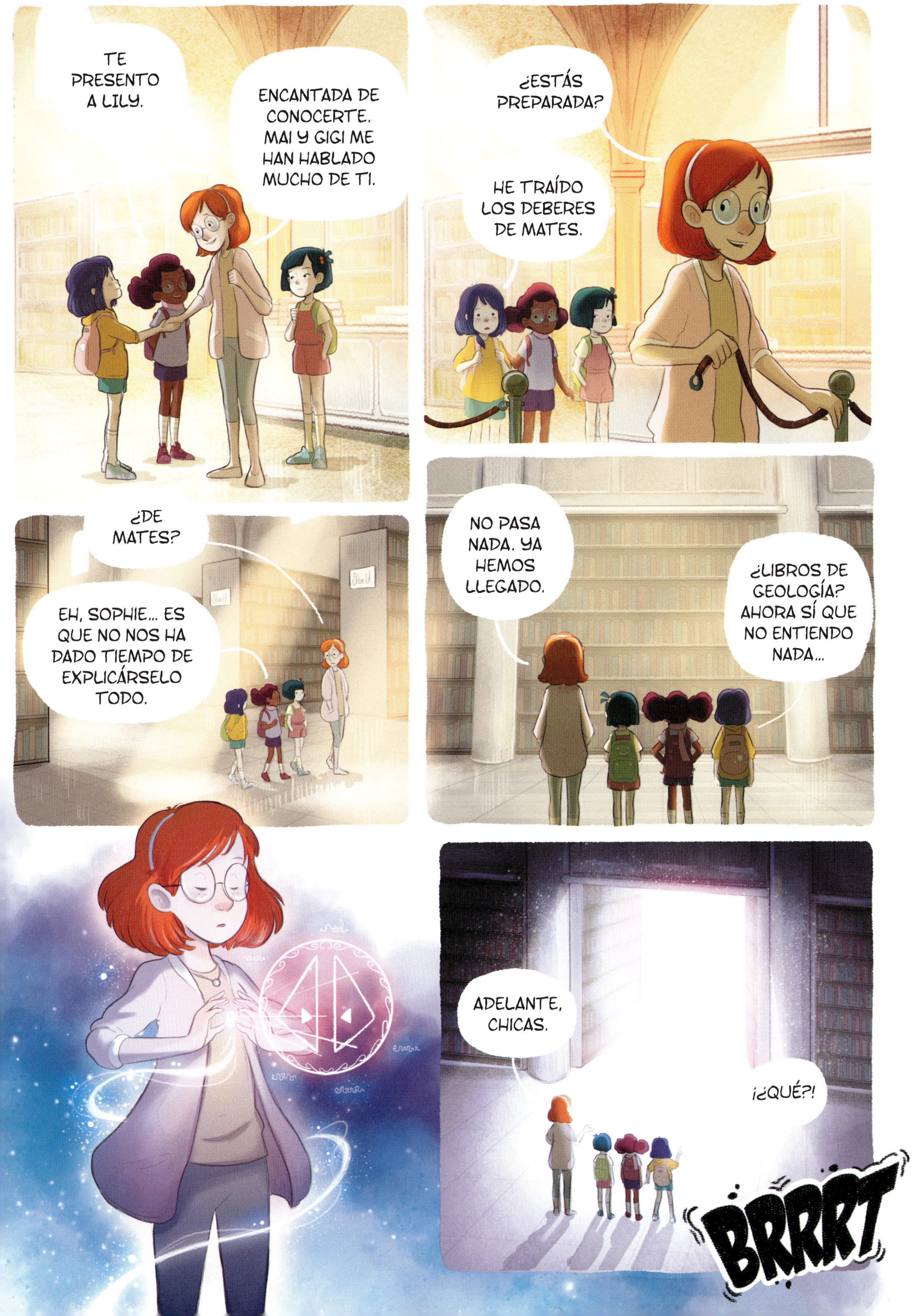
TE PRESENTO A LILY.
ENCANTADA DE CONOCERTE. MAI Y GIGI ME HAN HABLADO MUCHO DE TI.
¿ESTÁS PREPARADA?
HE TRAÍDO LOS DEBERES DE MATES.
¿DE MATES?
EH, SOPHIE... ES QUE NO NOS HA DADO TIEMPO DE EXPLICÁRSELO TODO.
NO PASA NADA. YA HEMOS LLEGADO.
¿LIBROS DE GEOLOGÍA? AHORA SÍ QUE NO ENTIENDO NADA...
ADELANTE, CHICAS.
¡¿QUÉ?!
BRRRT

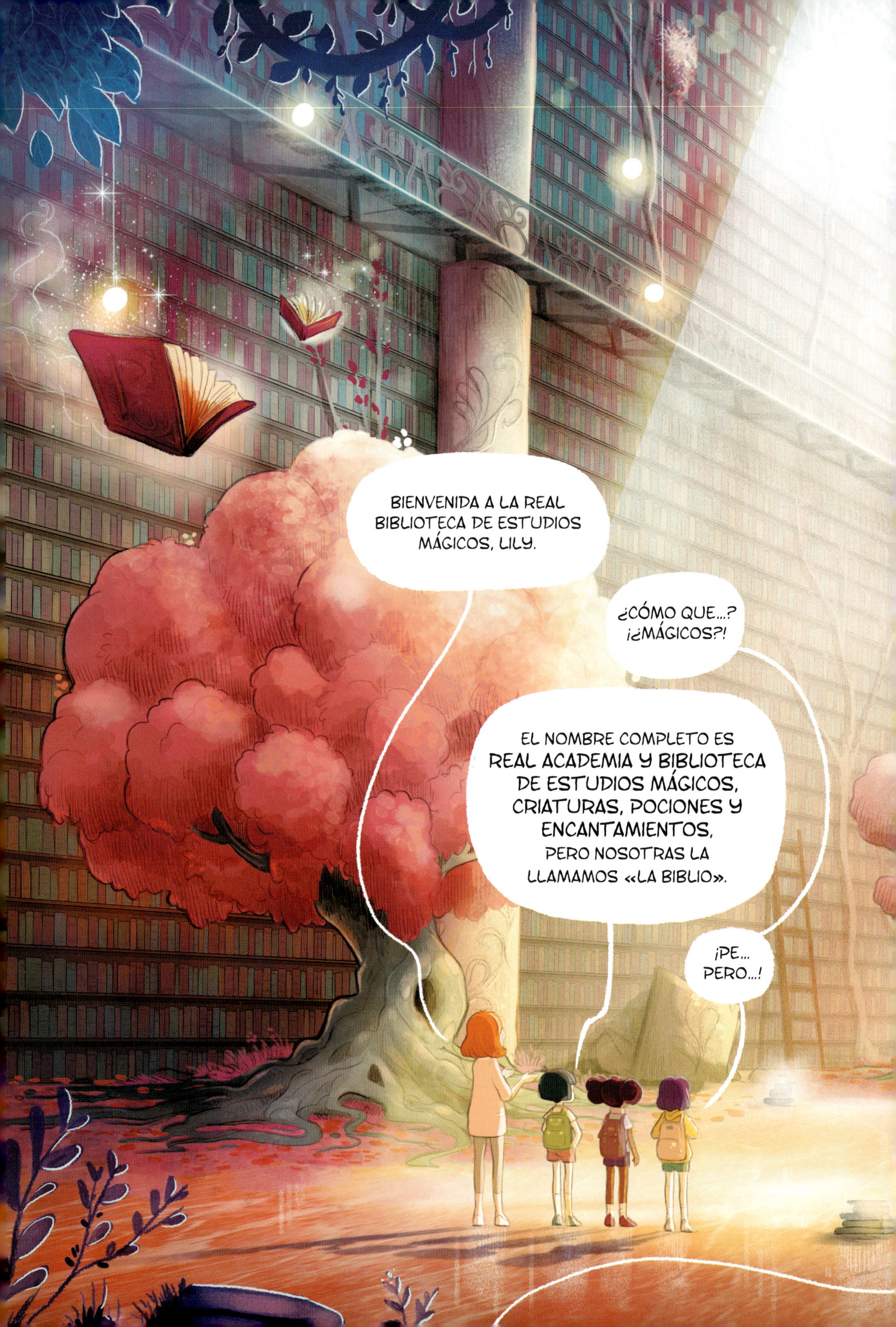
BIENVENIDA A LA REAL BIBLIOTECA DE ESTUDIOS MÁGICOS, LILY.
¿CÓMO QUE...? ¡¿MÁGICOS?!
EL NOMBRE COMPLETO ES REAL ACADEMIA Y BIBLIOTECA DE ESTUDIOS MÁGICOS, CRIATURAS, POCIONES Y ENCANTAMIENTOS, PERO NOSOTRAS LA LLAMAMOS «LA BIBLIO».
¡PE... PERO...!

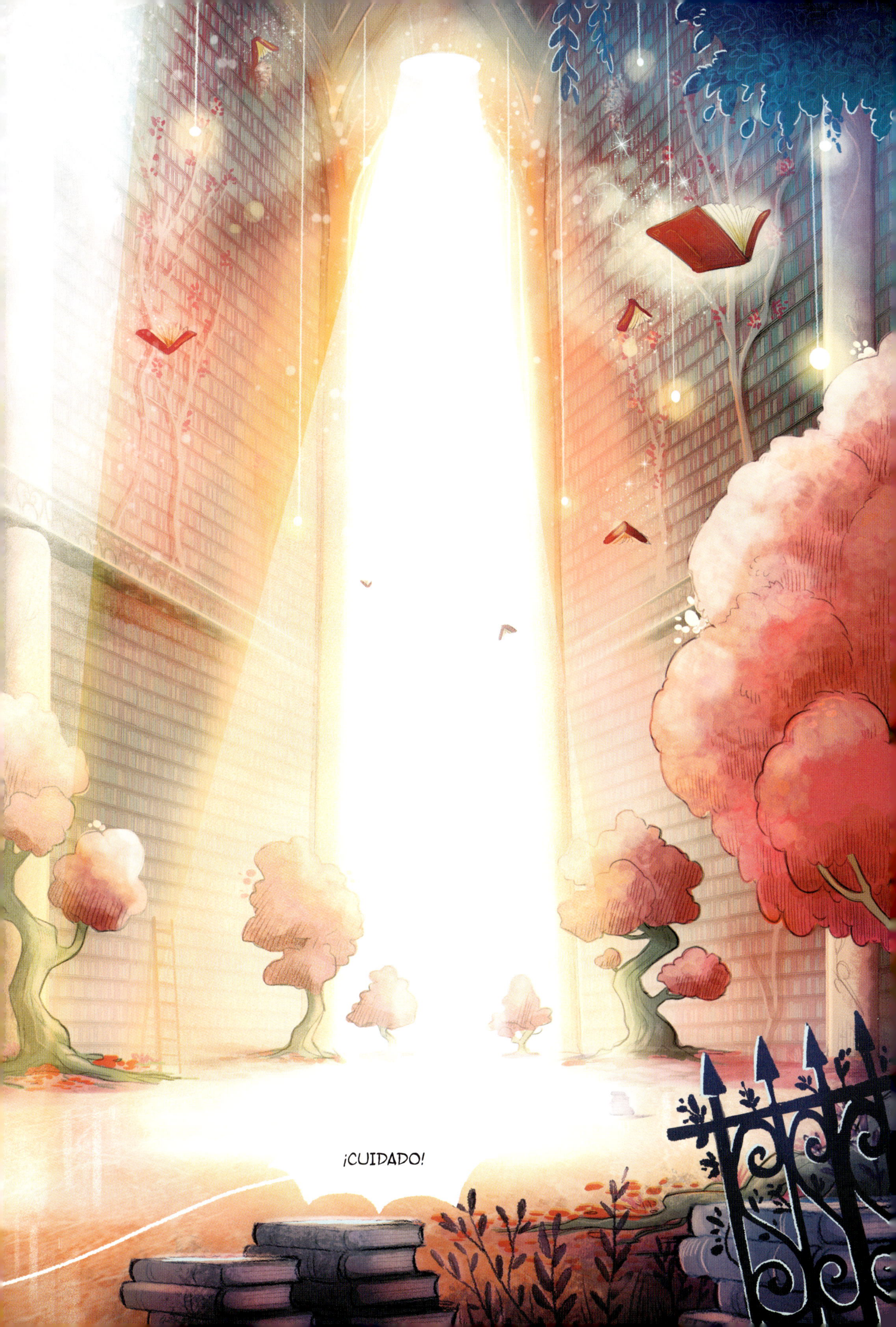
¡CUIDADO!

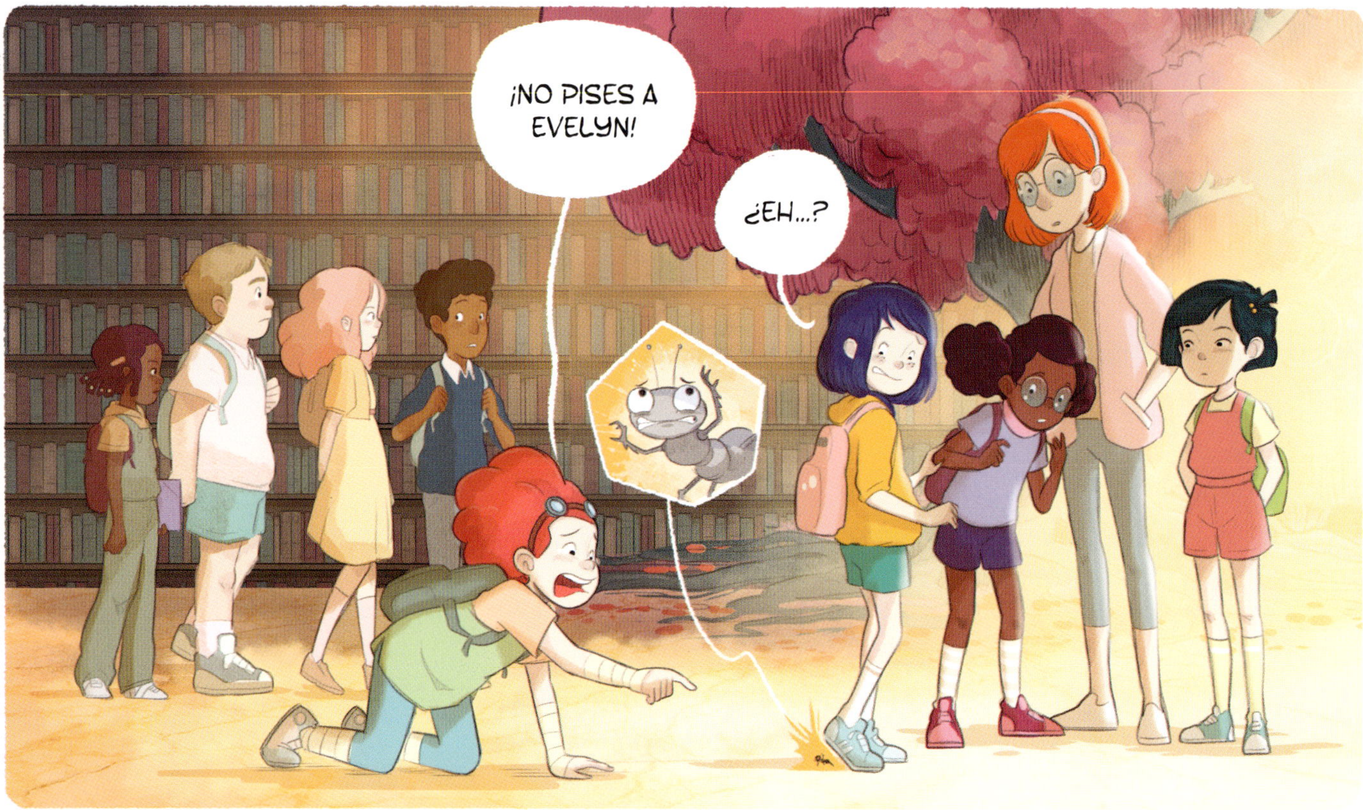
¡NO PISES A EVELYN!
¿EH...?

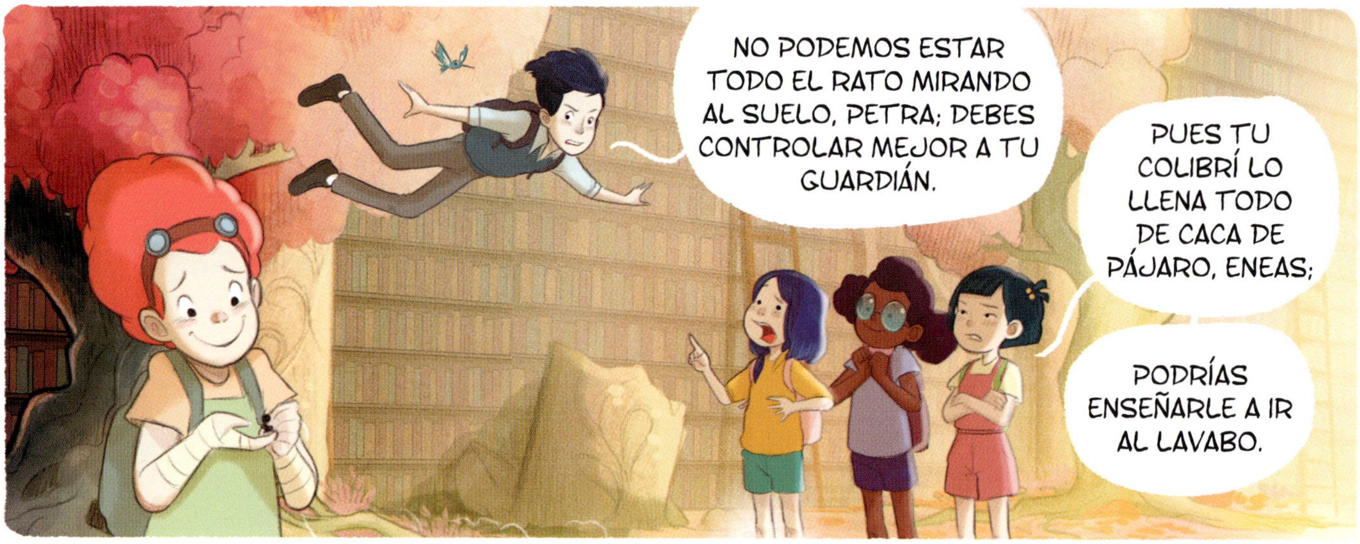
NO PODEMOS ESTAR TODO EL RATO MIRANDO AL SUELO, PETRA; DEBES CONTROLAR MEJOR A TU GUARDIÁN.
PUES TU COLIBRÍ LO LLENA TODO DE CACA DE PÁJARO, ENEAS;
PODRÍAS ENSEÑARLE A IR AL LAVABO.

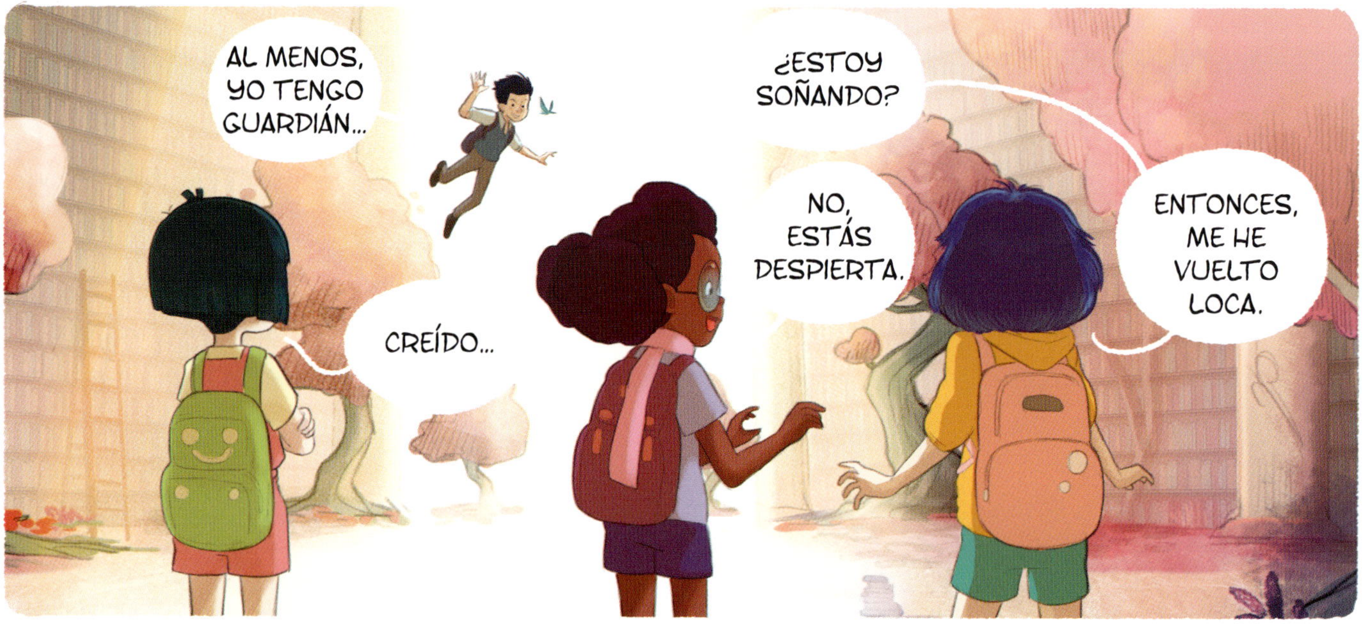
AL MENOS, YO TENGO GUARDIÁN...
CREÍDO...
¿ESTOY SOÑANDO?
NO, ESTÁS DESPIERTA.
ENTONCES, ME HE VUELTO LOCA.

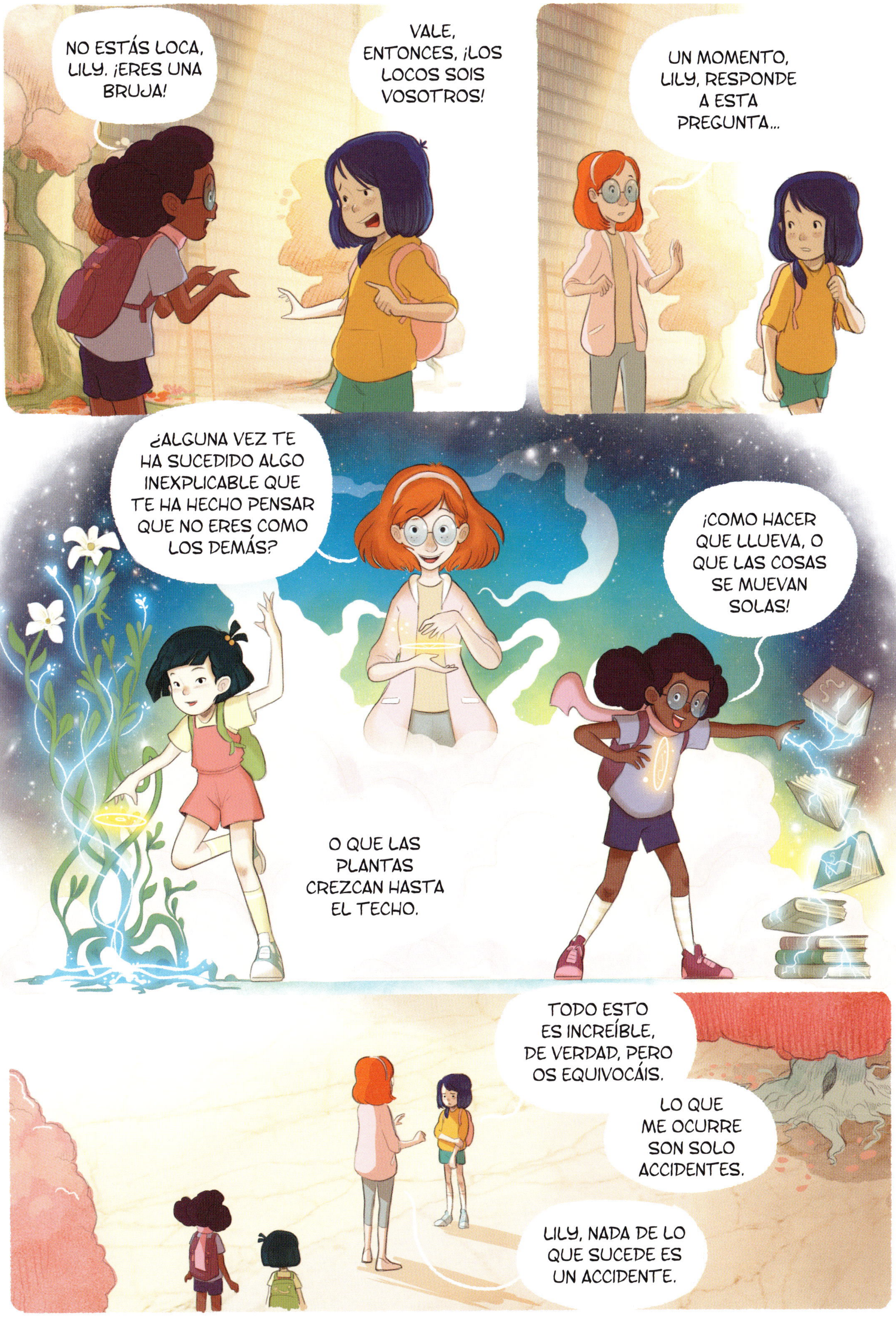
NO ESTÁS LOCA, LILY. ¡ERES UNA BRUJA!
VALE, ENTONCES, ¡LOS LOCOS SOIS VOSOTROS!
UN MOMENTO, LILY, RESPONDE A ESTA PREGUNTA...
¿ALGUNA VEZ TE HA SUCEDIDO ALGO INEXPLICABLE QUE TE HA HECHO PENSAR QUE NO ERES COMO LOS DEMÁS?
¡COMO HACER QUE LLUEVA, O QUE LAS COSAS SE MUEVAN SOLAS!
O QUE LAS PLANTAS CREZCAN HASTA EL TECHO.
TODO ESTO ES INCREÍBLE, DE VERDAD, PERO OS EQUIVOCÁIS.
LO QUE ME OCURRE SON SOLO ACCIDENTES.
LILY, NADA DE LO QUE SUCEDE ES UN ACCIDENTE.

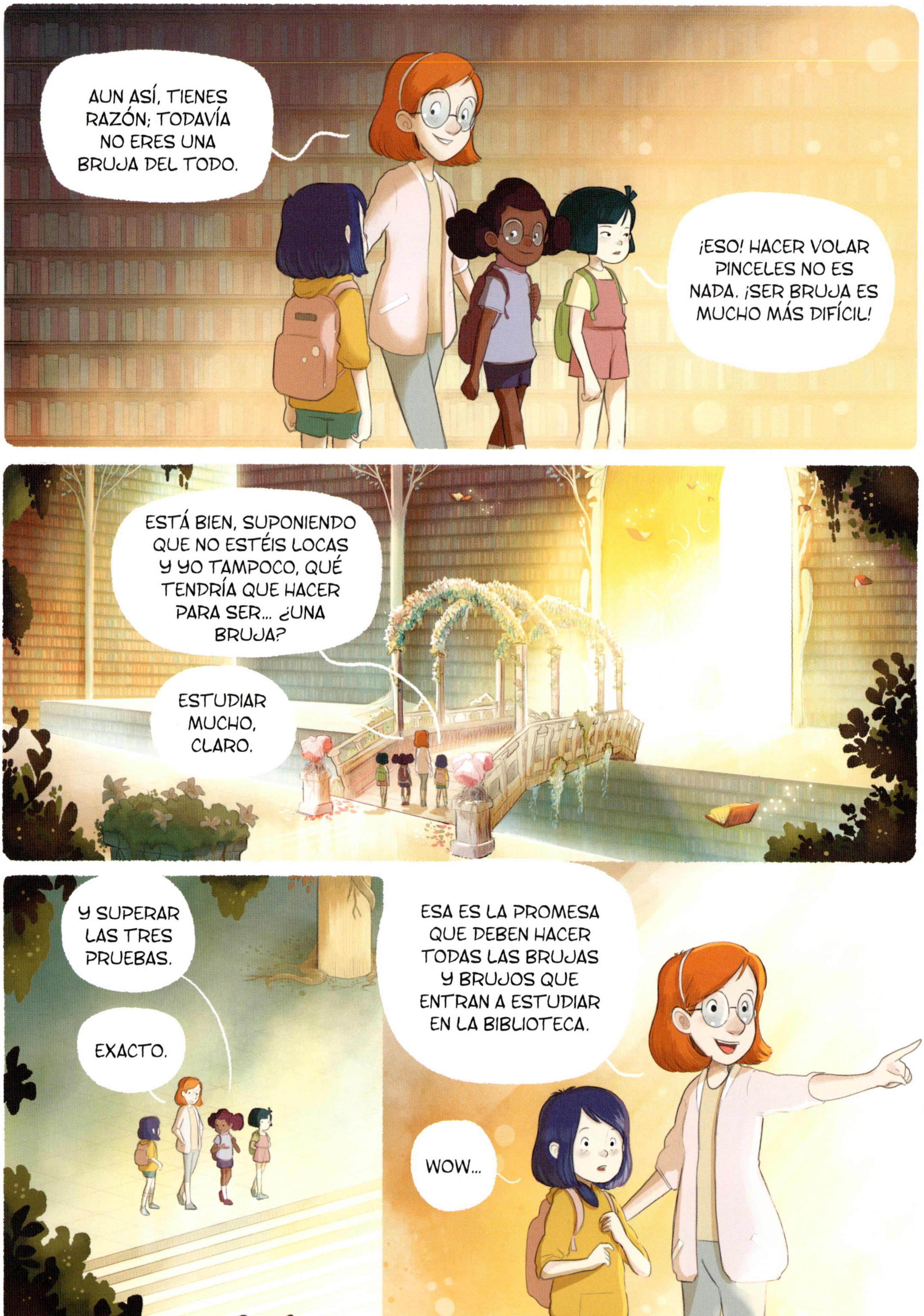
AUN ASÍ, TIENES RAZÓN; TODAVÍA NO ERES UNA BRUJA DEL TODO.
¡ESO! HACER VOLAR PINCELES NO ES NADA. ¡SER BRUJA ES MUCHO MÁS DIFÍCIL!
ESTÁ BIEN, SUPONIENDO QUE NO ESTÉIS LOCAS Y YO TAMPOCO, QUÉ TENDRÍA QUE HACER PARA SER... ¿UNA BRUJA?
ESTUDIAR MUCHO, CLARO.
Y SUPERAR LAS TRES PRUEBAS.
EXACTO.
ESA ES LA PROMESA QUE DEBEN HACER TODAS LAS BRUJAS Y BRUJOS QUE ENTRAN A ESTUDIAR EN LA BIBLIOTECA.
WOW...

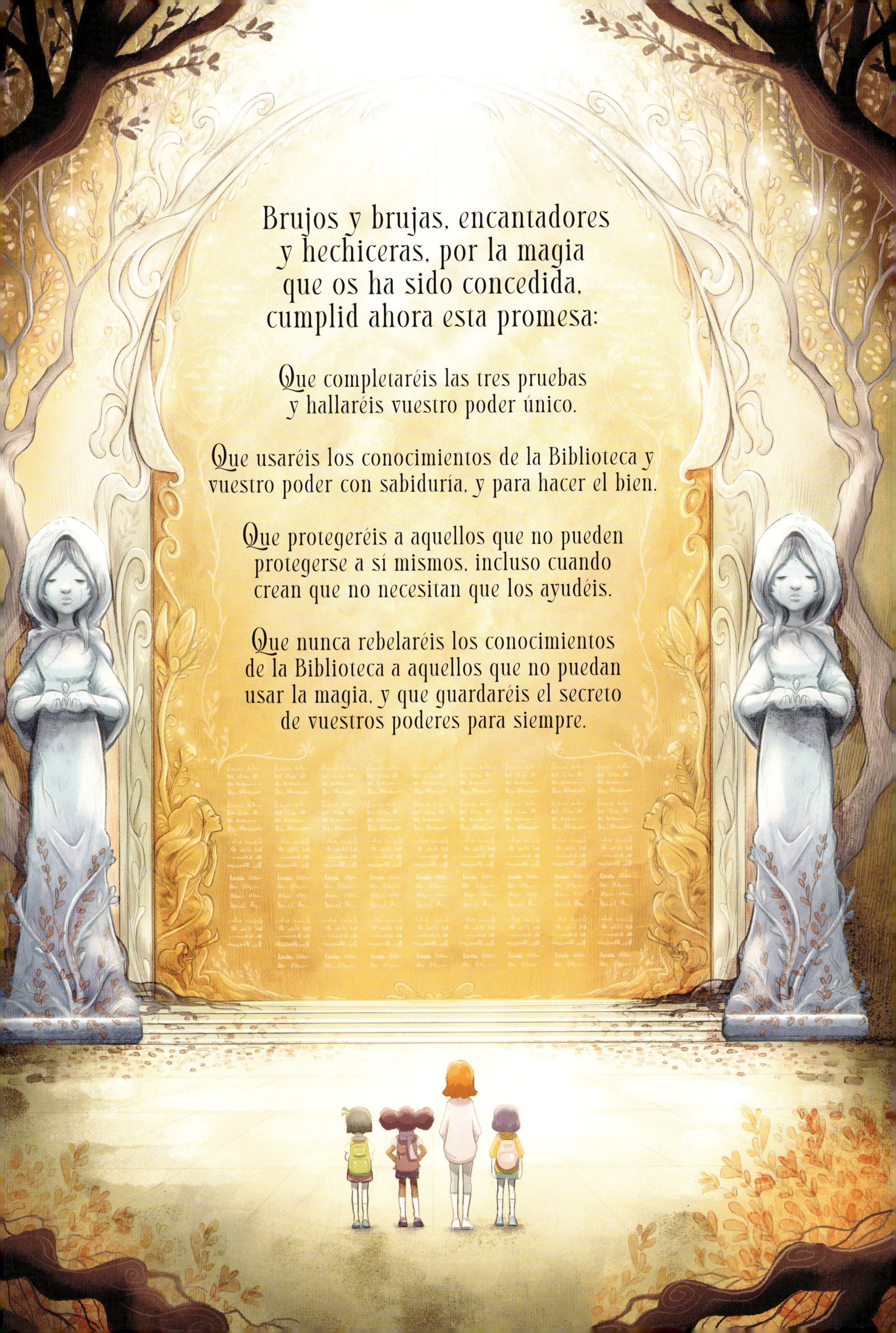
Brujos y brujas, encantadores
y hechiceras, por la magia
que os ha sido concedida,
cumplid ahora esta promesa:
Que completaréis las tres pruebas
y hallaréis vuestro poder único.
Que usaréis los conocimientos de la Biblioteca y
vuestro poder con sabiduría, y para hacer el bien.
Que protegeréis a aquellos que no pueden
protegerse a sí mismos, incluso cuando
crean que no necesitan que los ayudéis.
Que nunca rebelaréis los conocimientos
de la Biblioteca a aquellos que no puedan
usar la magia, y que guardaréis el secreto
de vuestros poderes para siempre.

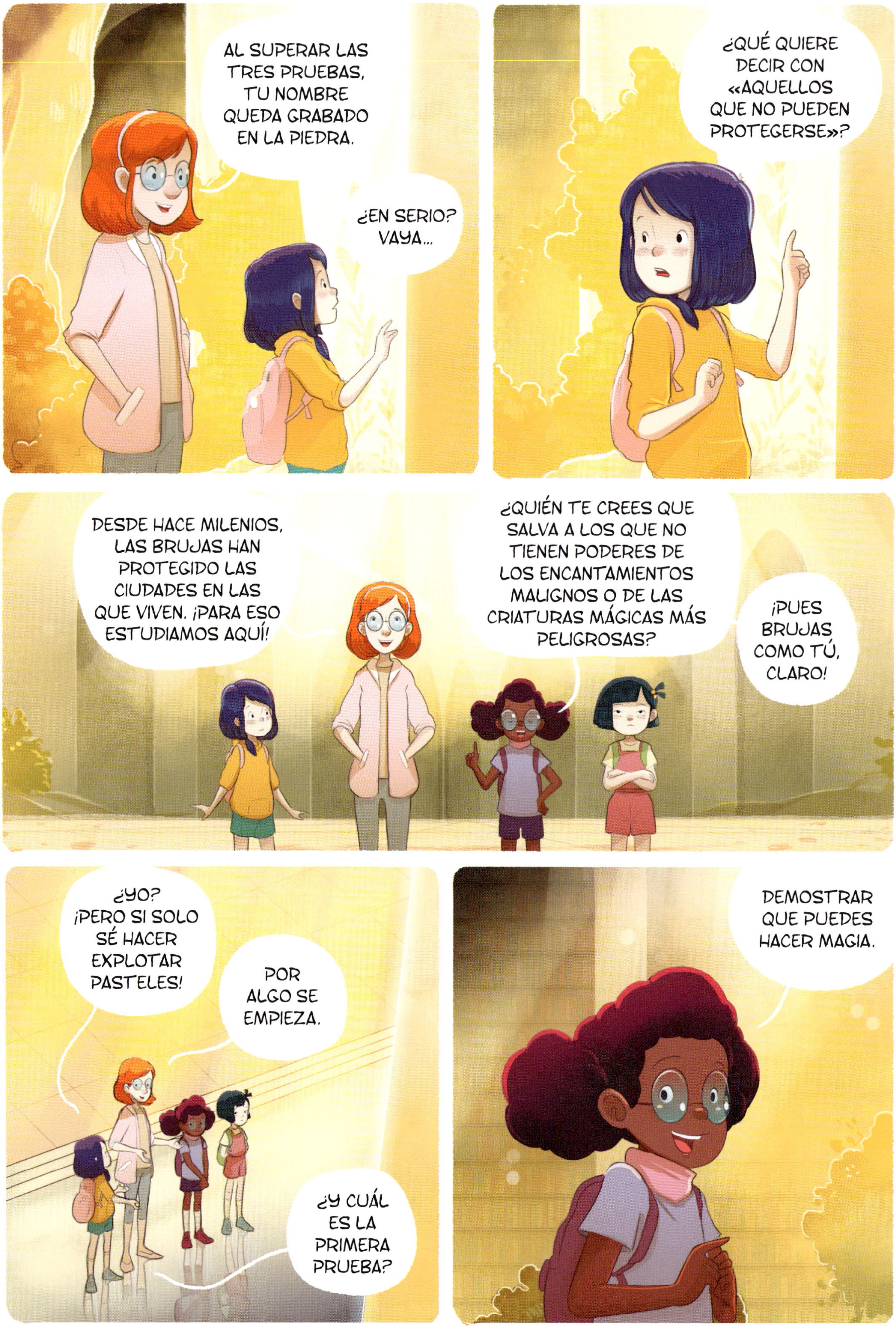
AL SUPERAR LAS TRES PRUEBAS, TU NOMBRE QUEDA GRABADO EN LA PIEDRA.
¿EN SERIO? VAYA...
¿QUÉ QUIERE DECIR CON «AQUELLOS QUE NO PUEDEN PROTEGERSE»?
DESDE HACE MILENIOS, LAS BRUJAS HAN PROTEGIDO LAS CIUDADES EN LAS QUE VIVEN. ¡PARA ESO ESTUDIAMOS AQUÍ!
¿QUIÉN TE CREES QUE SALVA A LOS QUE NO TIENEN PODERES DE LOS ENCANTAMIENTOS MALIGNOS O DE LAS CRIATURAS MÁGICAS MÁS PELIGROSAS?
¡PUES BRUJAS COMO TÚ, CLARO!
¿YO? ¡PERO SI SOLO SÉ HACER EXPLOTAR PASTELES!
POR ALGO SE EMPIEZA.
¿Y CUÁL ES LA PRIMERA PRUEBA?
DEMOSTRAR QUE PUEDES HACER MAGIA.

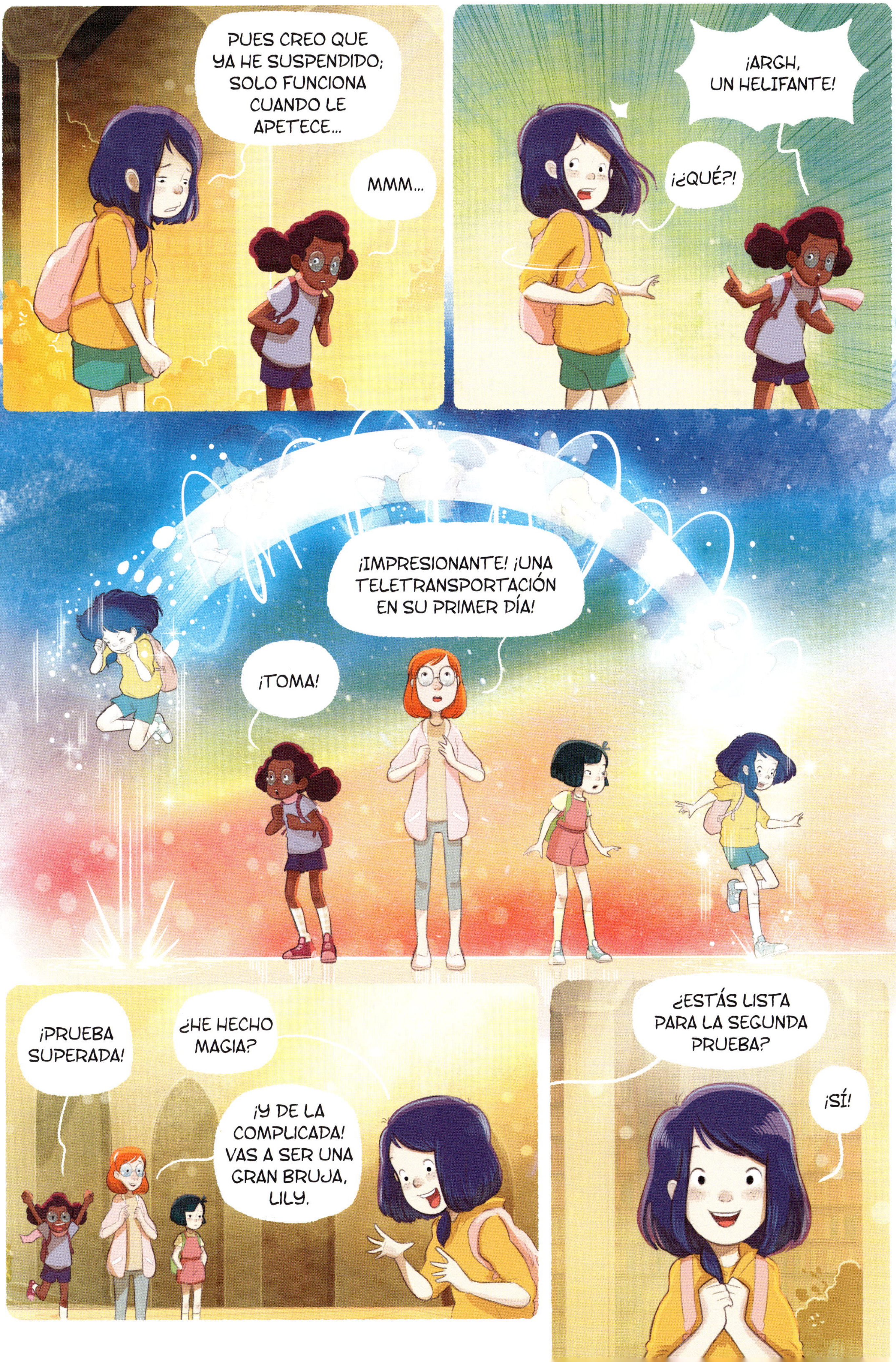
PUES CREO QUE YA HE SUSPENDIDO; SOLO FUNCIONA CUANDO LE APETECE...
MMM...
¡ARGH, UN HELIFANTE!
¡¿QUÉ?!
¡IMPRESIONANTE! ¡UNA TELETRANSPORTACIÓN EN SU PRIMER DÍA!
¡TOMA!
¡PRUEBA SUPERADA!
¿HE HECHO MAGIA?
¡Y DE LA COMPLICADA! VAS A SER UNA GRAN BRUJA, LILY.
¿ESTÁS LISTA PARA LA SEGUNDA PRUEBA?
¡SÍ!

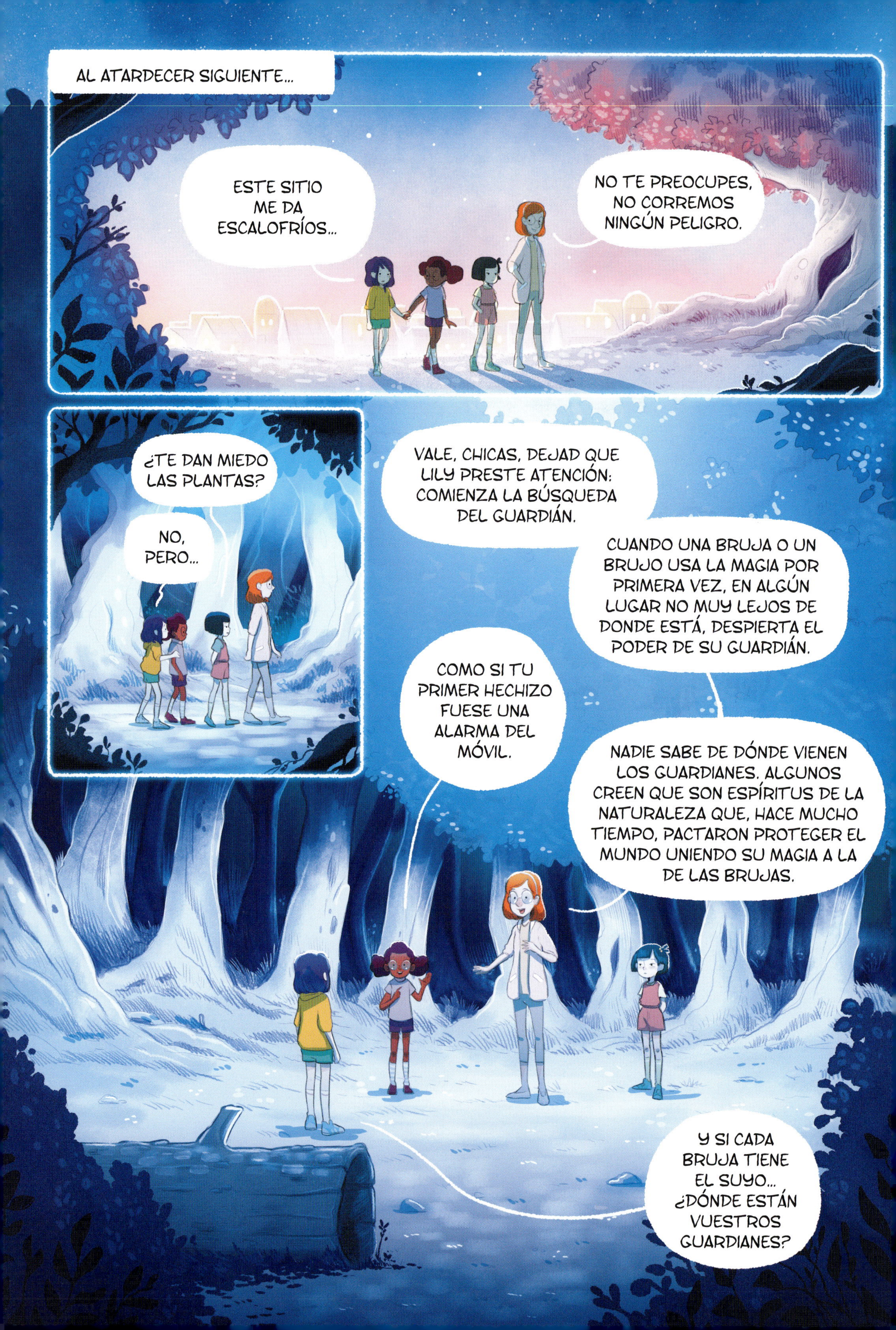
AL ATARDECER SIGUIENTE...
ESTE SITIO ME DA ESCALOFRÍOS...
NO TE PREOCUPES, NO CORREMOS NINGÚN PELIGRO.
¿TE DAN MIEDO LAS PLANTAS?
NO, PERO...
VALE, CHICAS, DEJAD QUE LILY PRESTE ATENCIÓN: COMIENZA LA BÚSQUEDA DEL GUARDIÁN.
CUANDO UNA BRUJA O UN BRUJO USA LA MAGIA POR PRIMERA VEZ, EN ALGÚN LUGAR NO MUY LEJOS DE DONDE ESTÁ, DESPIERTA EL PODER DE SU GUARDIÁN.
COMO SI TU PRIMER HECHIZO FUESE UNA ALARMA DEL MÓVIL.
NADIE SABE DE DÓNDE VIENEN LOS GUARDIANES. ALGUNOS CREEN QUE SON ESPÍRITUS DE LA NATURALEZA QUE, HACE MUCHO TIEMPO, PACTARON PROTEGER EL MUNDO UNIENDO SU MAGIA A LA DE LAS BRUJAS.
Y SI CADA BRUJA TIENE EL SUYO... ¿DÓNDE ESTÁN VUESTROS GUARDIANES?

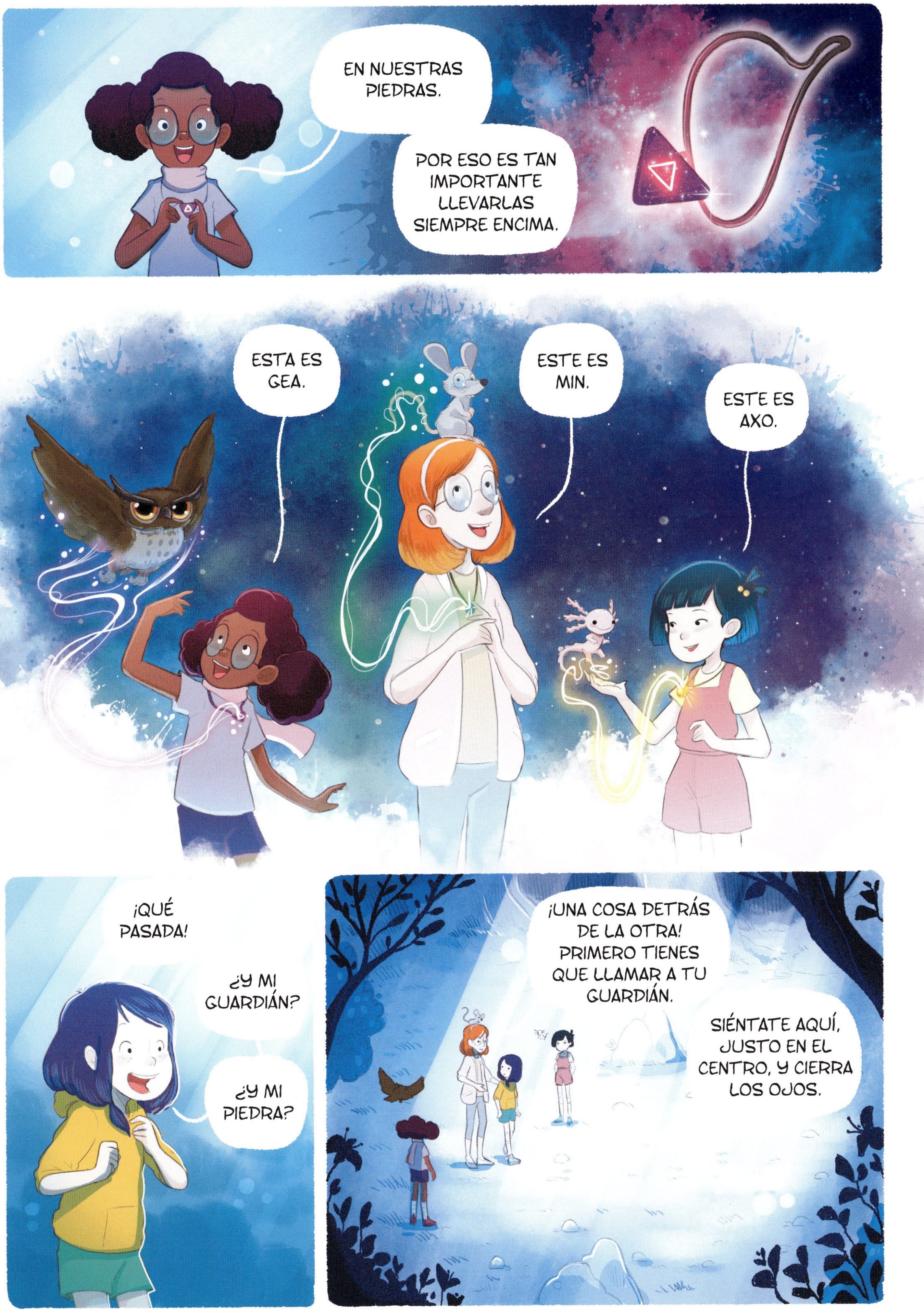
EN NUESTRAS PIEDRAS.
POR ESO ES TAN IMPORTANTE LLEVARLAS SIEMPRE ENCIMA.
ESTA ES GEA.
ESTE ES MIN.
ESTE ES AXO.
¡QUÉ PASADA!
¿Y MI GUARDIÁN?
¿Y MI PIEDRA?
¡UNA COSA DETRÁS DE LA OTRA! PRIMERO TIENES QUE LLAMAR A TU GUARDIÁN.
SIÉNTATE AQUÍ, JUSTO EN EL CENTRO, Y CIERRA LOS OJOS.

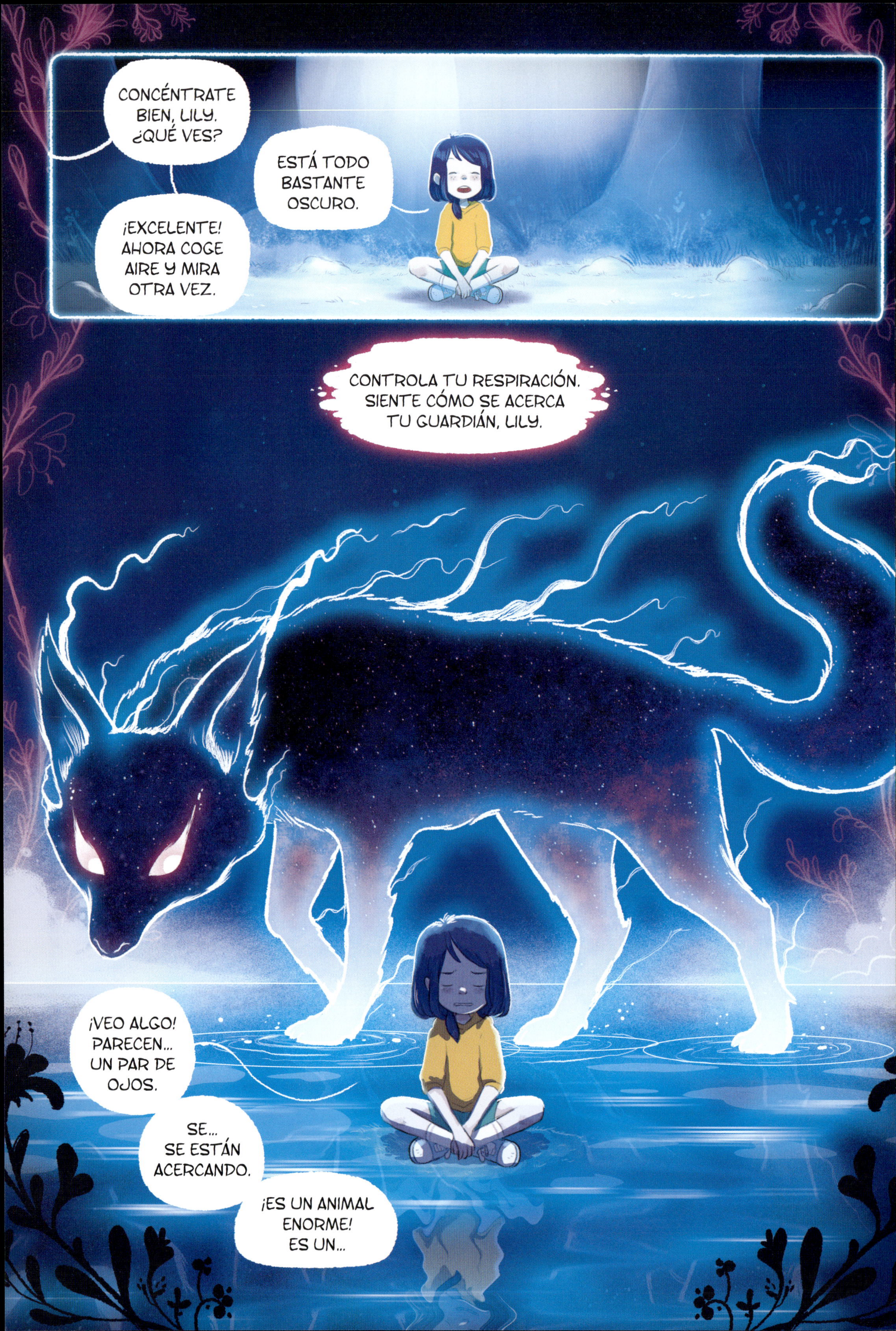
CONCÉNTRATE BIEN, LILY. ¿QUÉ VES?
ESTÁ TODO BASTANTE OSCURO.
¡EXCELENTE! AHORA COGE AIRE Y MIRA OTRA VEZ.
CONTROLA TU RESPIRACIÓN. SIENTE CÓMO SE ACERCA TU GUARDIÁN, LILY.
¡VEO ALGO! PARECEN... UN PAR DE OJOS.
SE... SE ESTÁN ACERCANDO.
¡ES UN ANIMAL ENORME! ES UN...

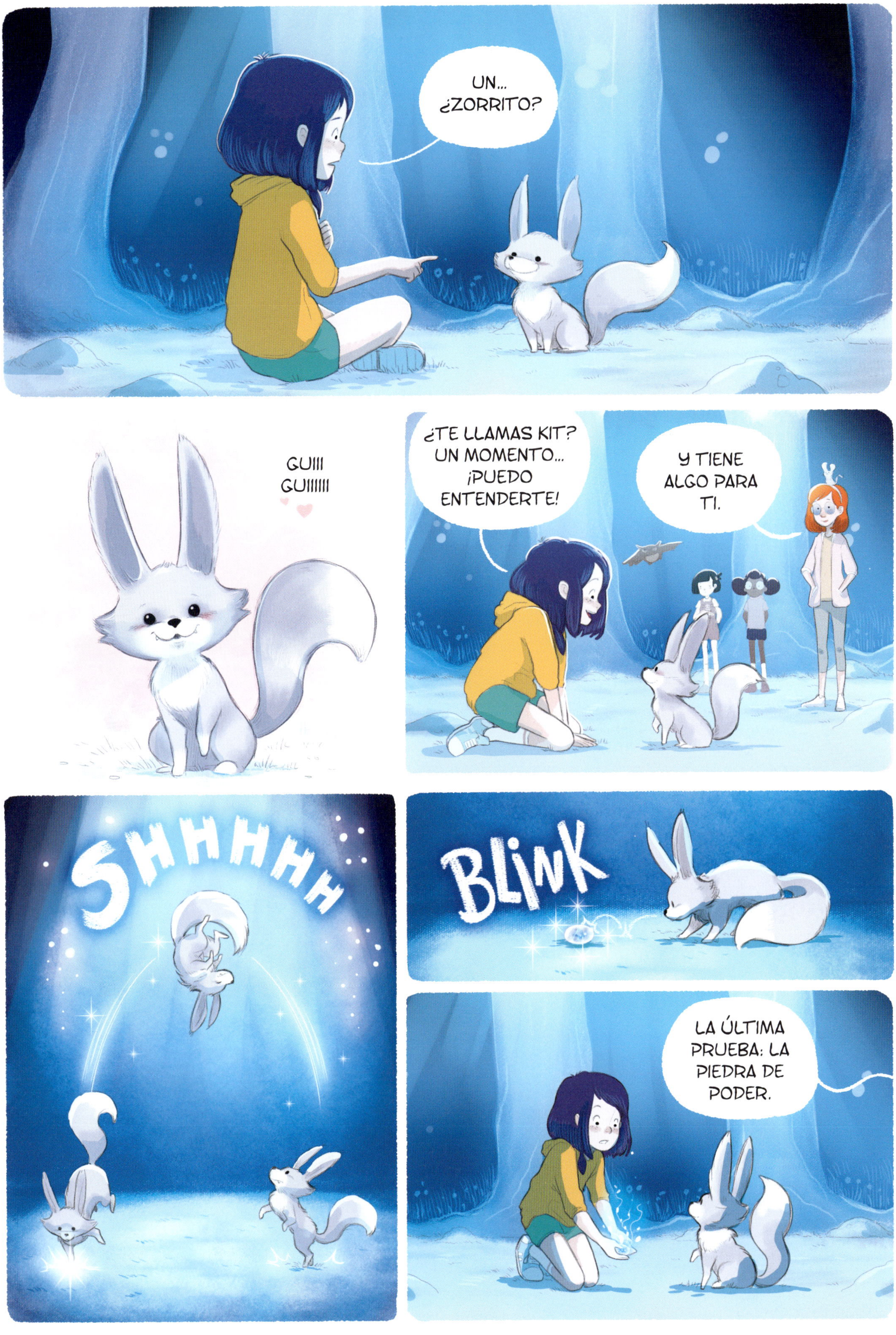
UN... ¿ZORRITO?
GUIII GUIIIIII
¿TE LLAMAS KIT? UN MOMENTO... ¡PUEDO ENTENDERTE!
Y TIENE ALGO PARA TI.
SHHHHH
BLINK
LA ÚLTIMA PRUEBA: LA PIEDRA DE PODER.

Las Piedras de Poder

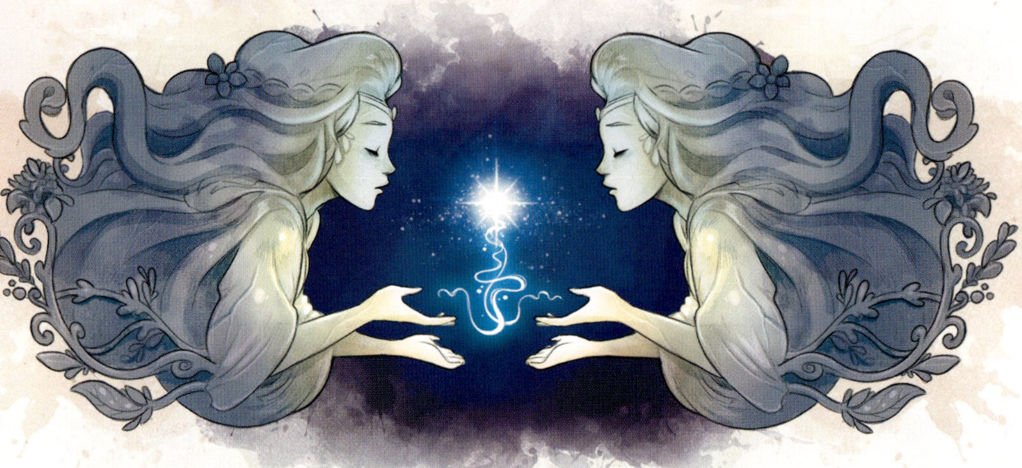

Cada bruja y cada brujo nacido posee un poder único. Este poder se corresponde con la piedra que haya conseguido encantar.

La Piedra y el Guardián

Cada bruja y cada brujo crean su propia Piedra de Poder. No hay dos piedras iguales, ni dos poderes iguales. Para la creación de una Piedra de Poder, la bruja o el brujo debe concentrar todo su poder sobre la piedra designada por su Guardián.

La piedra se funde con el calor y pierde su forma. Después se enfría y vuelve a formarse, dejando ver el poder único de la bruja o el brujo que la ha transformado.

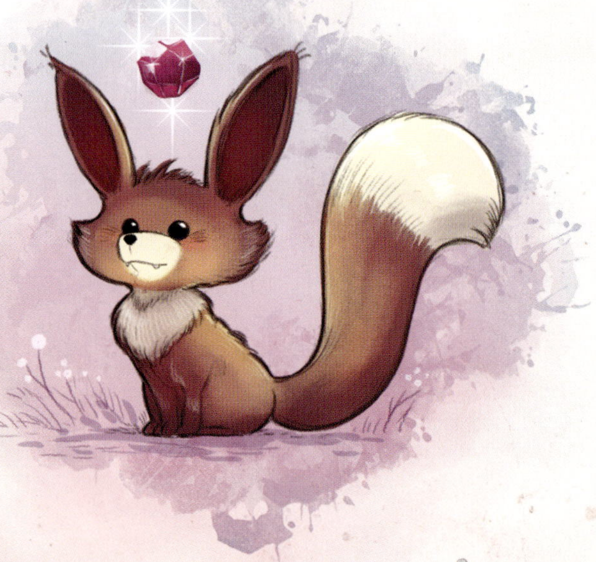

La Ley de la Piedra

Una bruja o brujo no puede, ni debe, utilizar una Piedra de Poder que no sea la suya. Las consecuencias pueden ser catastróficas.

Algunas piedras conocidas

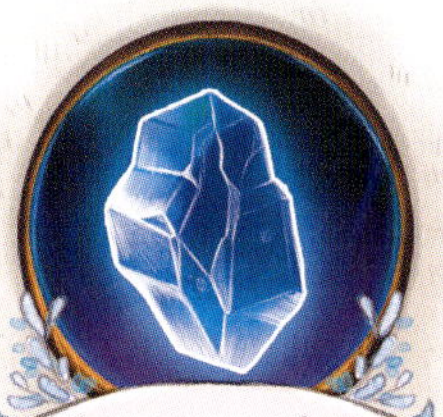

Aquamarina

Piedra de la salud, con poderes curativos.

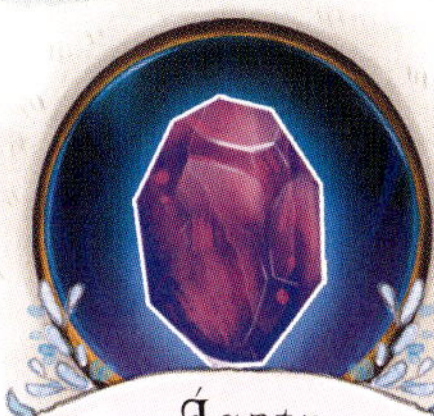

Ágata

Gran transmisora de electricidad y energía.

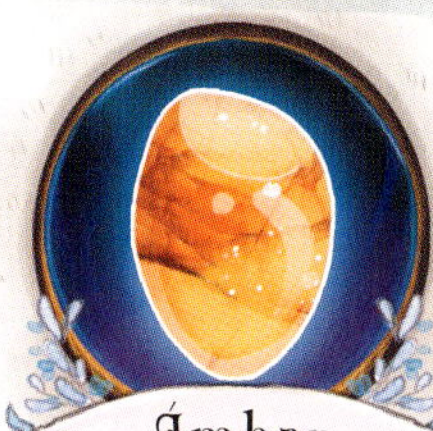

Ámbar

Dispone poder sobre las plantas y las ciencias botánicas.

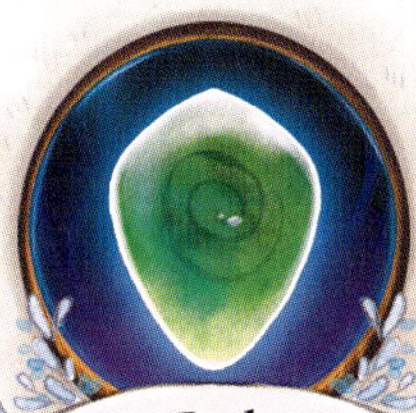

Jade

Piedra de la memoria y de la sabiduría.

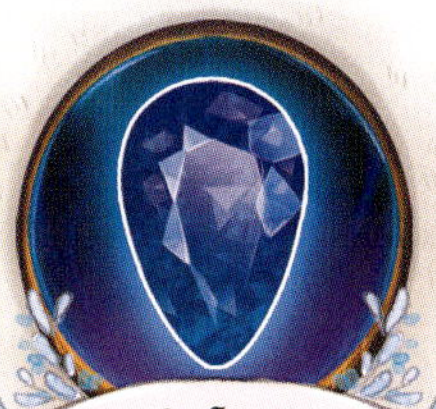

Zafiro

Permite controlar el elemento del aire.

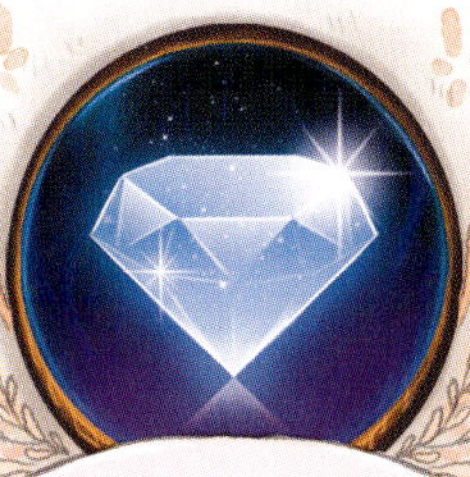

Diamante

Puede imitar cualquier otro poder.

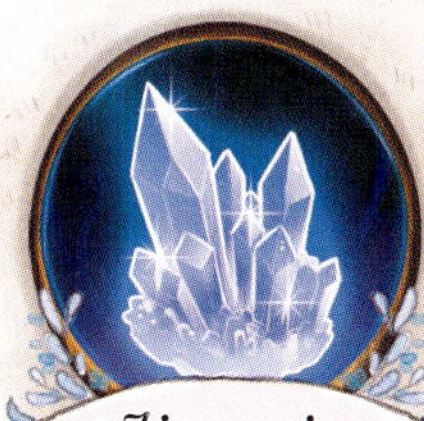

Zirconia

Otorga la capacidad de viajar hacia atrás en el tiempo.

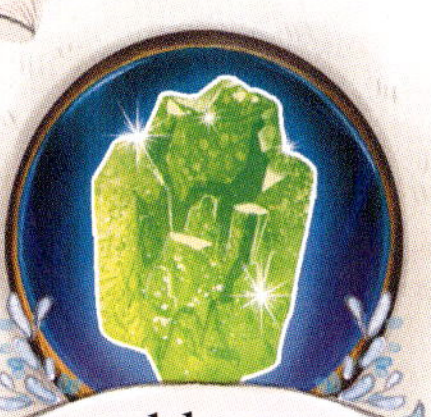

Moldavita

Permite predecir el futuro.

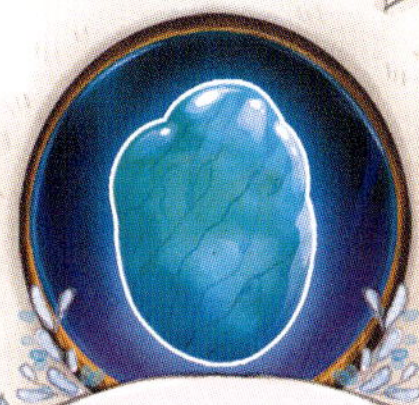

Turquesa

Controla el elemento del agua.

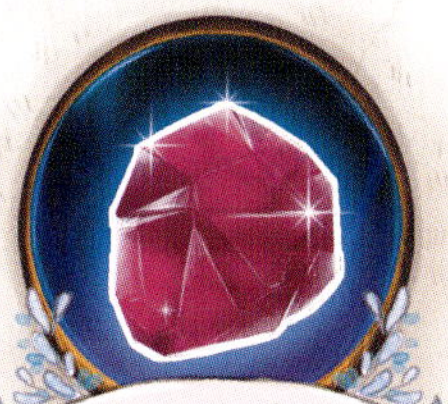

Corindón

Concede una fuerza sobrehumana.

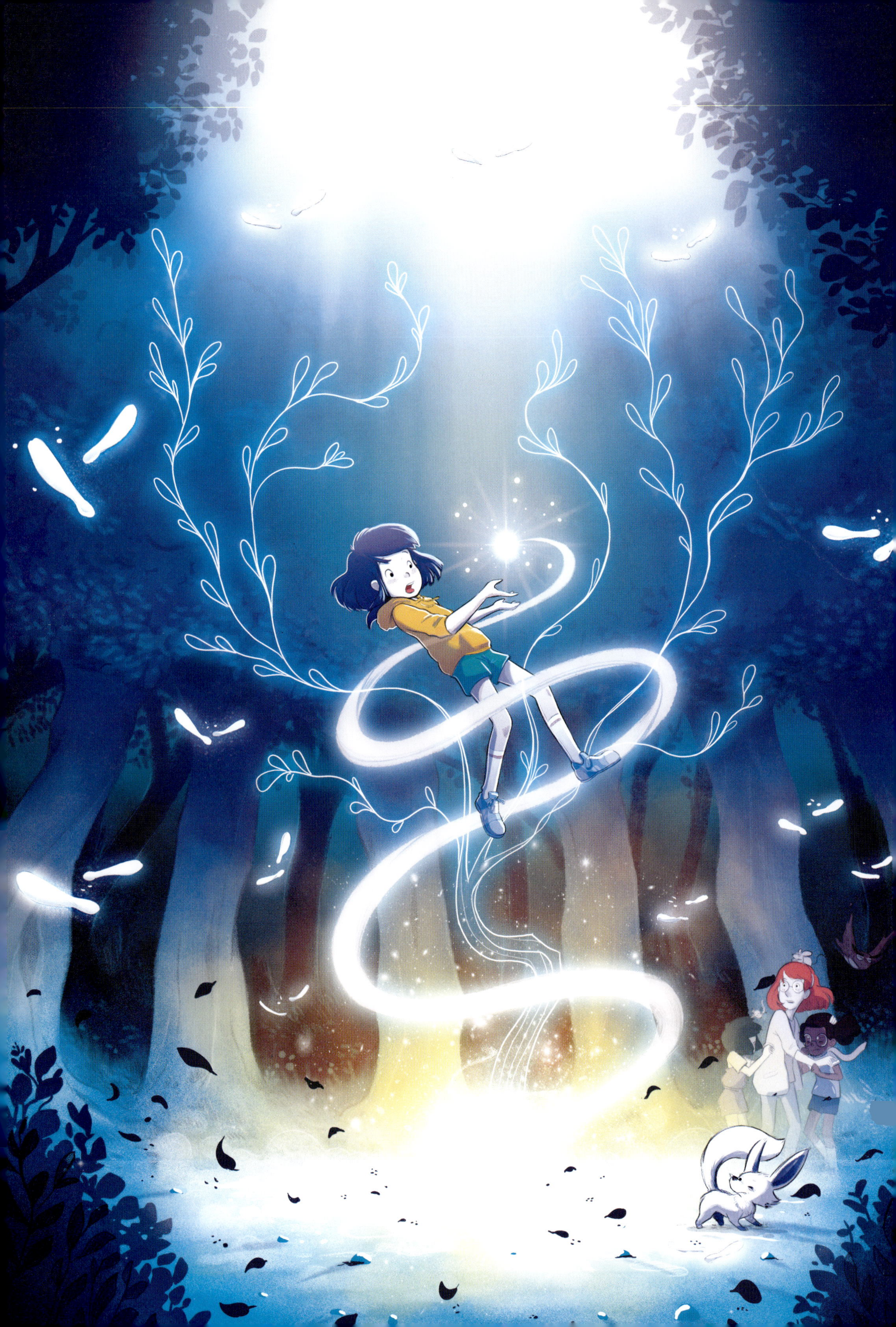

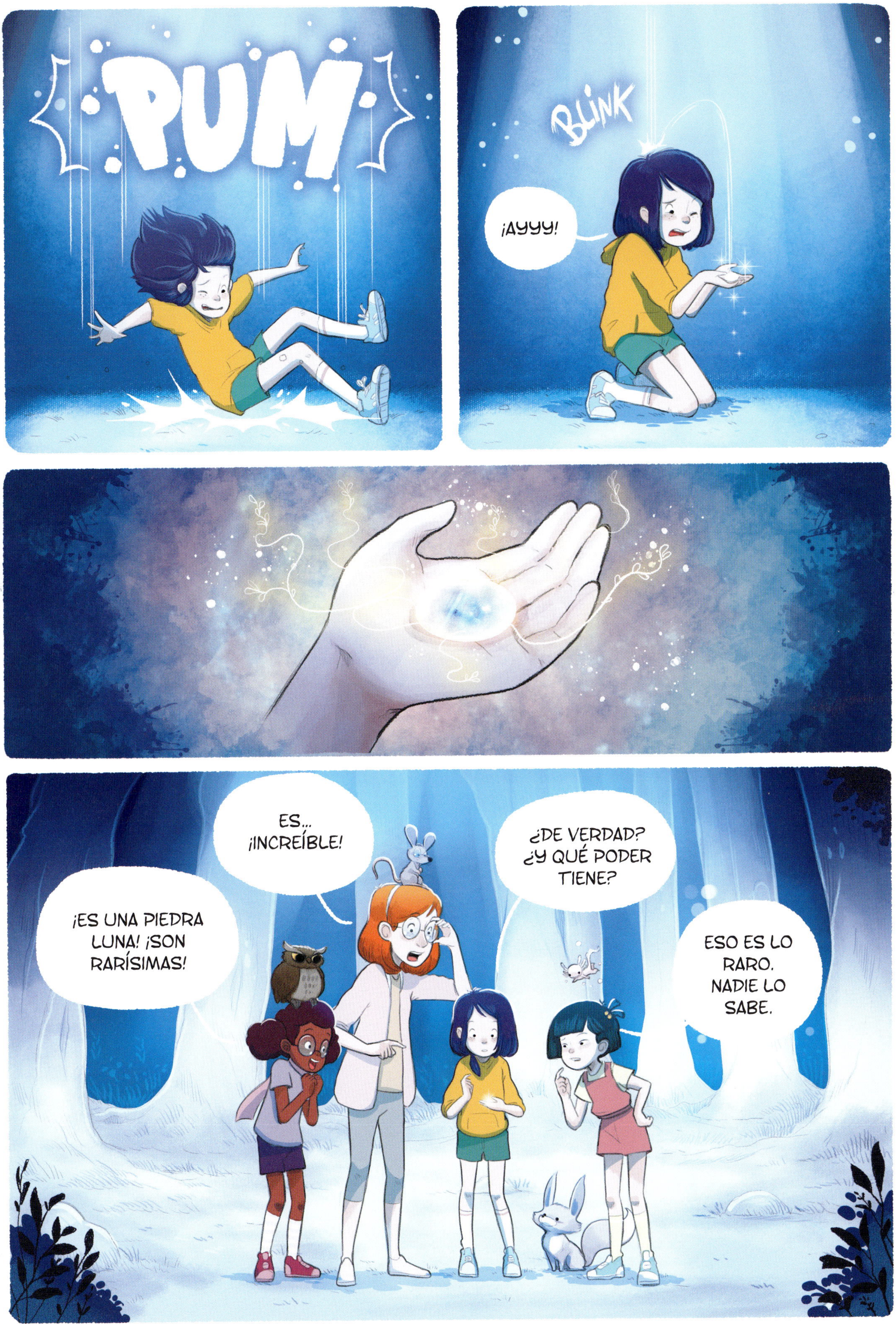
PUM
BLINK
¡AYYY!
¡ES UNA PIEDRA LUNA! ¡SON RARÍSIMAS!
ES... ¡INCREÍBLE!
¿DE VERDAD? ¿Y QUÉ PODER TIENE?
ESO ES LO RARO. NADIE LO SABE.

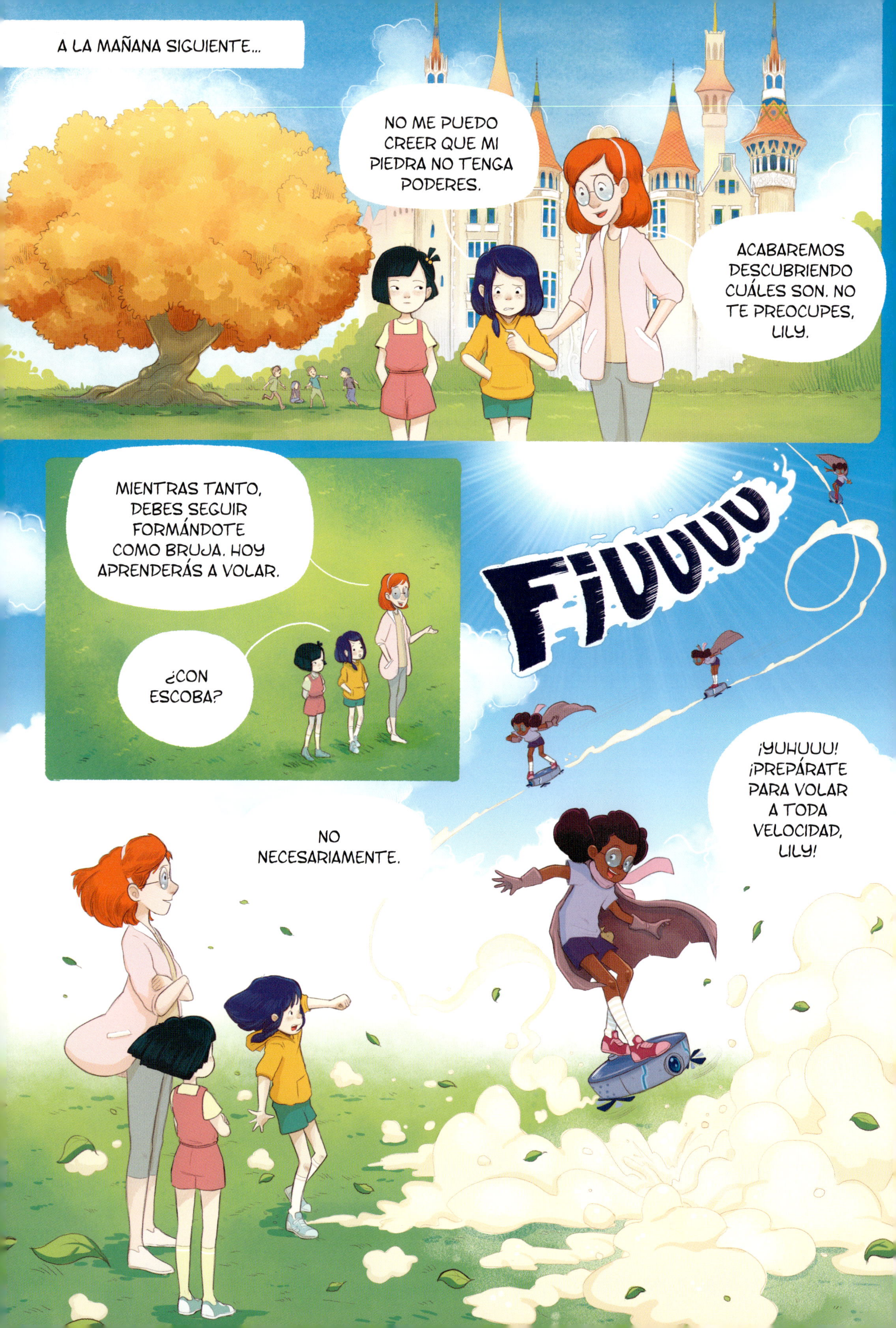
A LA MAÑANA SIGUIENTE...
NO ME PUEDO CREER QUE MI PIEDRA NO TENGA PODERES.
ACABAREMOS DESCUBRIENDO CUÁLES SON. NO TE PREOCUPES, LILY.
MIENTRAS TANTO, DEBES SEGUIR FORMÁNDOTE COMO BRUJA. HOY APRENDERÁS A VOLAR.
¿CON ESCOBA?
FIUUUU
NO NECESARIAMENTE.
¡YUHUUU! ¡PREPÁRATE PARA VOLAR A TODA VELOCIDAD, LILY!

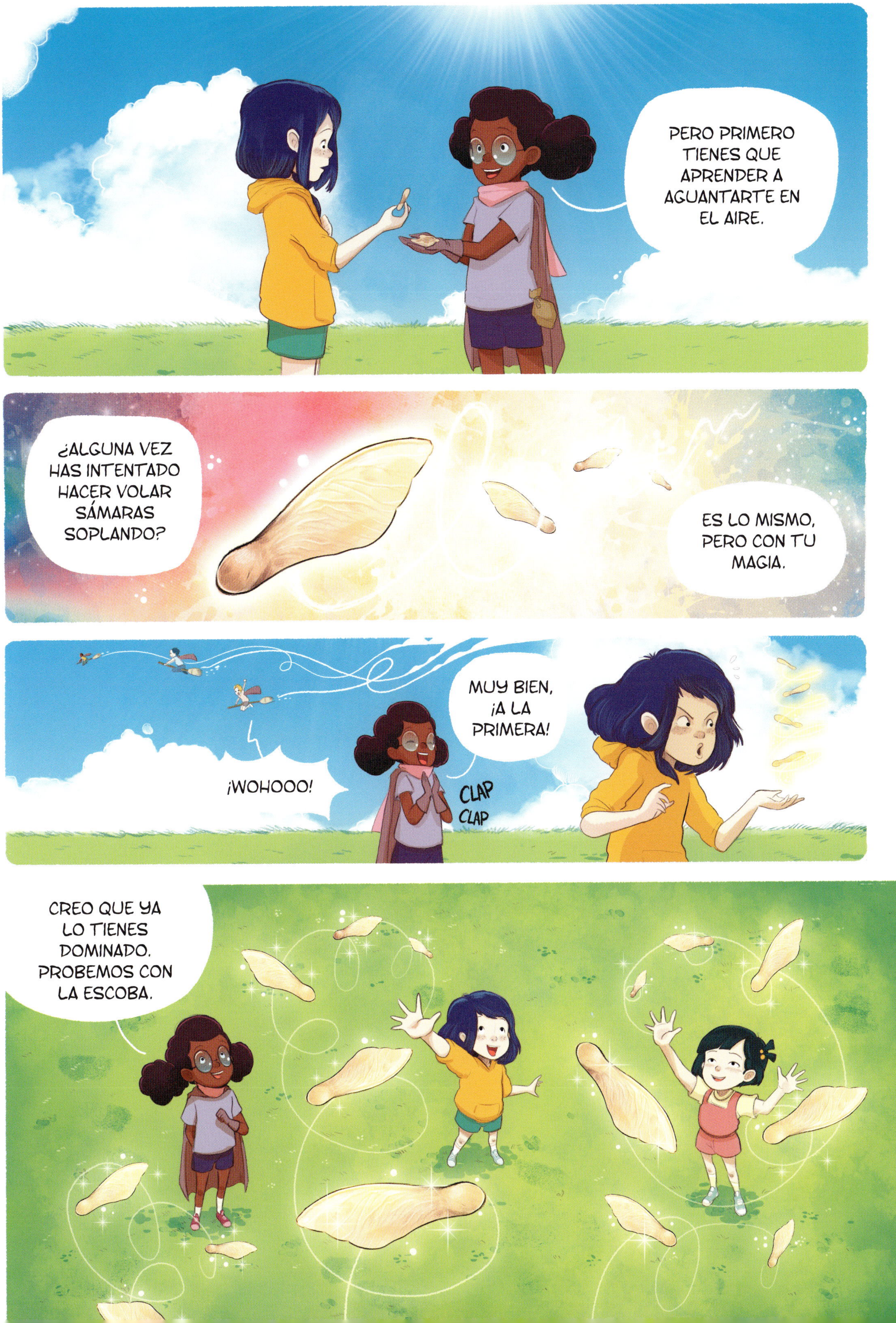
PERO PRIMERO TIENES QUE APRENDER A AGUANTARTE EN EL AIRE.
¿ALGUNA VEZ HAS INTENTADO HACER VOLAR SÁMARAS SOPLANDO?
ES LO MISMO, PERO CON TU MAGIA.
¡WOHOOO!
MUY BIEN, ¡A LA PRIMERA!
CLAP
CLAP
CREO QUE YA LO TIENES DOMINADO. PROBEMOS CON LA ESCOBA.

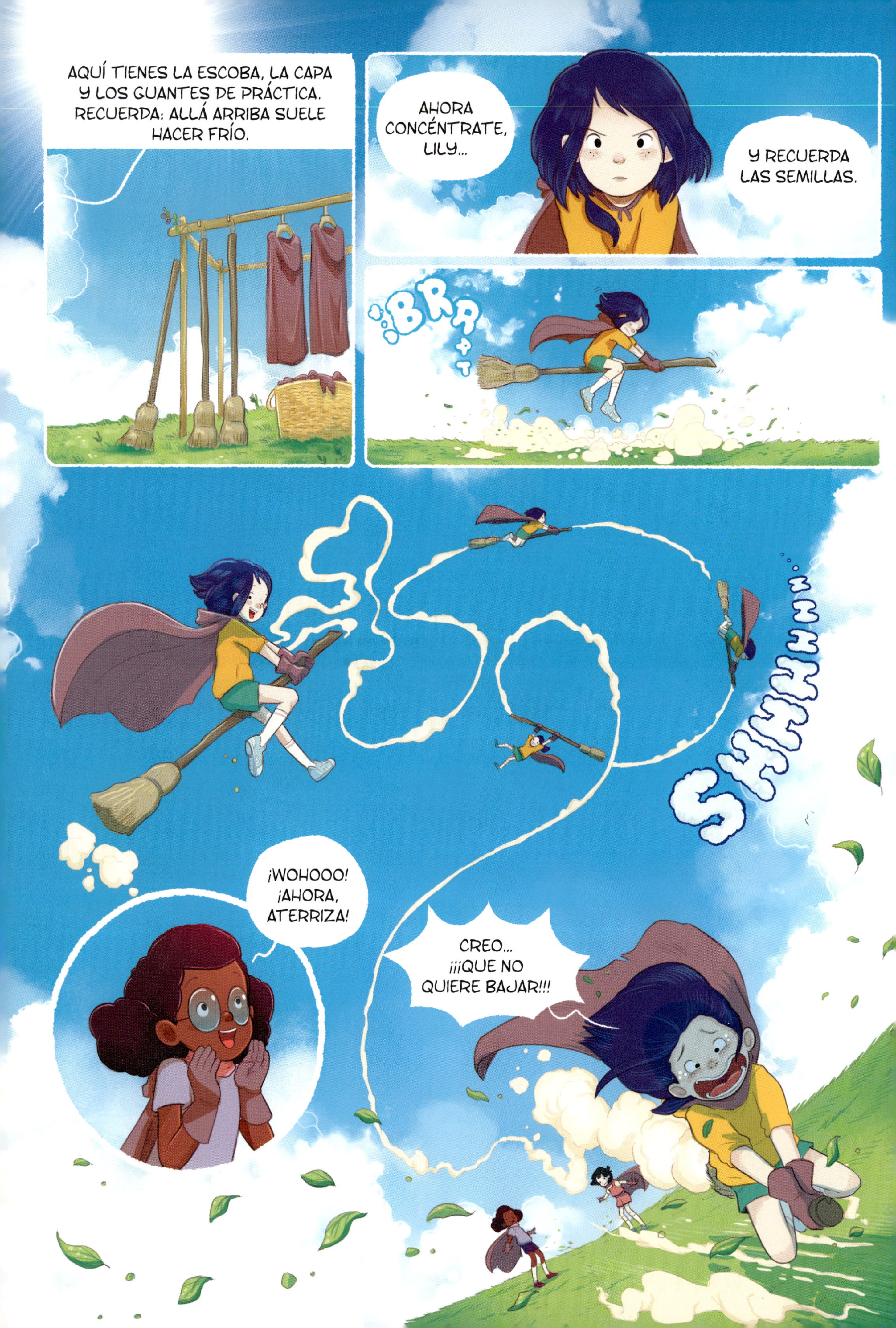
AQUÍ TIENES LA ESCOBA, LA CAPA Y LOS GUANTES DE PRÁCTICA. RECUERDA: ALLÁ ARRIBA SUELE HACER FRÍO.
AHORA CONCÉNTRATE, LILY...
Y RECUERDA LAS SEMILLAS.
¡BRRAPT
SHHHHHHNNN
¡WOHOOO! ¡AHORA, ATERRIZA!
CREO... ¡¡¡QUE NO QUIERE BAJAR!!!

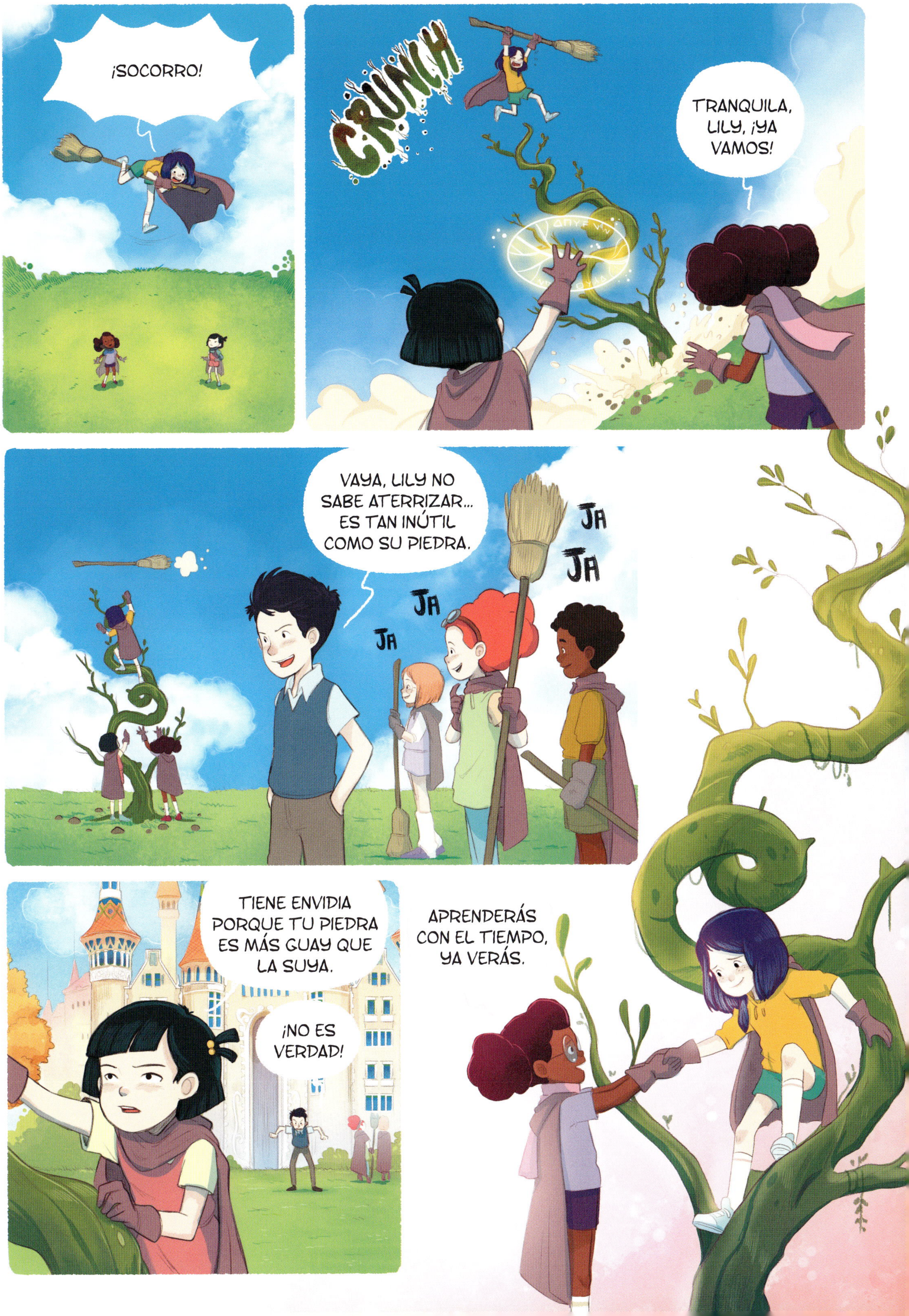
¡SOCORRO!
CRUNCH
TRANQUILA, LILY, ¡YA VAMOS!
VAYA, LILY NO SABE ATERRIZAR... ES TAN INÚTIL COMO SU PIEDRA.
JA
JA
JA
JA
TIENE ENVIDIA PORQUE TU PIEDRA ES MÁS GUAY QUE LA SUYA.
¡NO ES VERDAD!
APRENDERÁS CON EL TIEMPO, YA VERÁS.

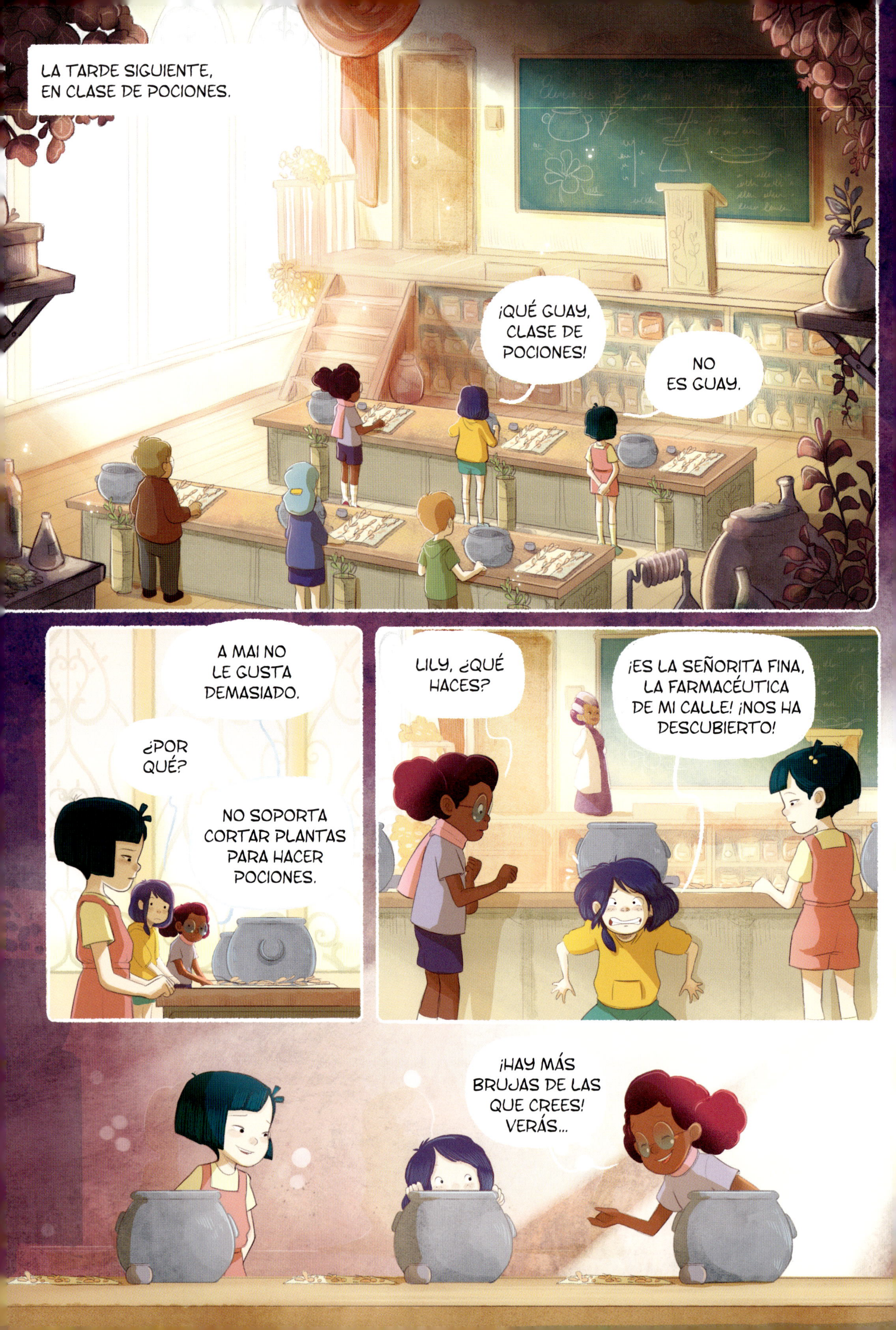
LA TARDE SIGUIENTE, EN CLASE DE POCIONES.
¡QUÉ GUAY, CLASE DE POCIONES!
NO ES GUAY.
A MAI NO LE GUSTA DEMASIADO.
¿POR QUÉ?
NO SOPORTA CORTAR PLANTAS PARA HACER POCIONES.
LILY, ¿QUÉ HACES?
¡ES LA SEÑORITA FINA, LA FARMACÉUTICA DE MI CALLE! ¡NOS HA DESCUBIERTO!
¡HAY MÁS BRUJAS DE LAS QUE CREES! VERÁS...

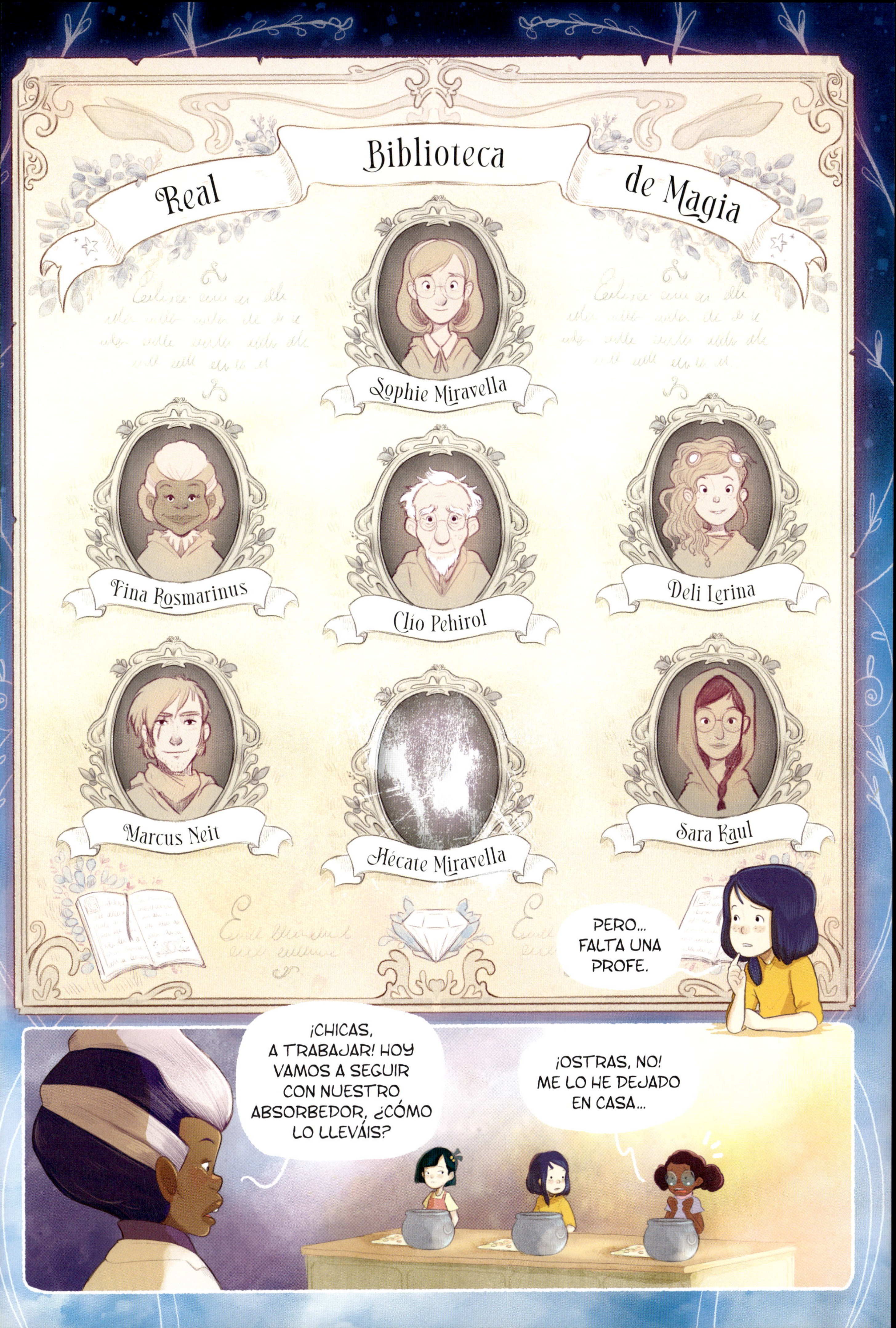
Real Biblioteca de Magia
Sophie Miravella
Fina Rosmarinus
Clio Pehirol
Deli Lerina
Marcus Neit
Hécate Miravella
Sara Kaul
PERO... FALTA UNA PROFE.
¡CHICAS, A TRABAJAR! HOY VAMOS A SEGUIR CON NUESTRO ABSORBEDOR, ¿CÓMO LO LLEVÁIS?
¡OSTRAS, NO! ME LO HE DEJADO EN CASA...

Poción limpiadora

Un absorbedor es el resultado de una poción limpiadora. La poción empieza siendo líquida, pero poco a poco se va solidificando hasta formar una masa pegajosa que absorbe todo lo que encuentra a su paso. En cantidades pequeñas, el absorbedor ayuda a brujos y brujas a limpiar sus escritorios y habitaciones al moverse, ¡pero cuidado! Algunos absorbedores han llegado a tragarse escobas y muebles enteros.

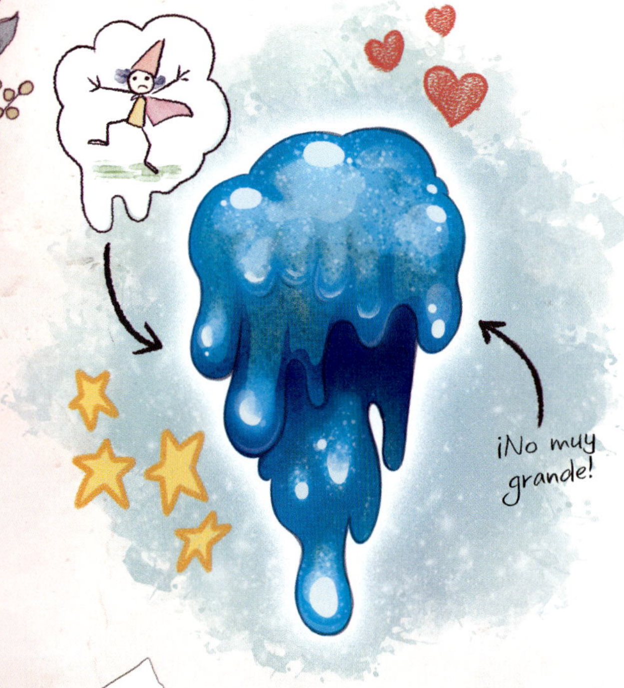
¡No muy grande!

¡ACTUAR CON CAUTELA!

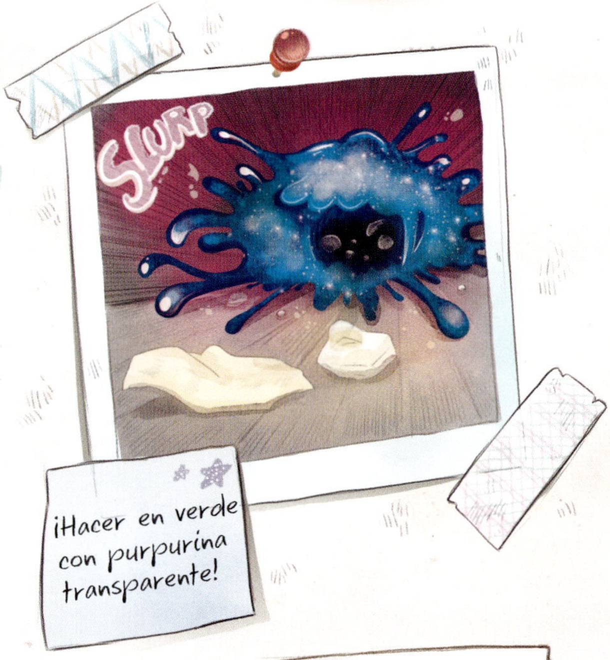
SLURP
¡Hacer en verde con purpurina transparente!

Ingredientes:

- Media tacita de cola blanca.
- Jabón para lavar los platos.
- Una tacita de bicarbonato sódico.
- Agua.
- Extra: colorante, purpurina o lo que quieras.
  Cada bruja o brujo puede personalizar su absorbedor.

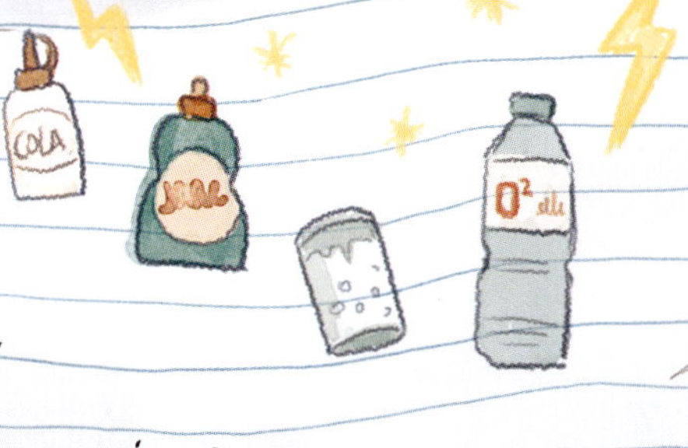
COLA

Instrucciones

En un recipiente grande (olla, marmita o bol de cristal), vierte la cola blanca y mézclala con el jabón.

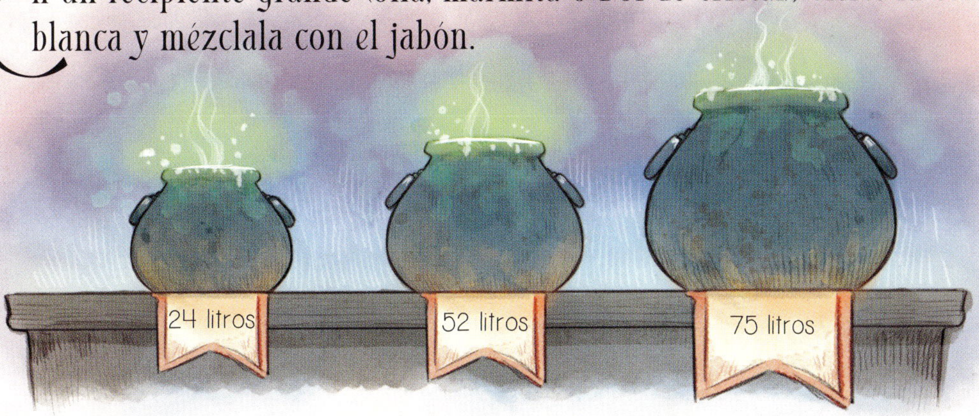
24 litros
52 litros
75 litros

- Añade dos o tres cucharadas de agua a la mezcla y remuévela siguiendo el sentido de las agujas del reloj.
- Cuando la mezcla empiece a hacer espuma, ponle los ingredientes extra.
- Por último, echa la tacita de bicarbonato sódico y vuelve a remover. Ahora en el sentido contrario a las agujas del reloj.
- Una vez tengas la masa, aplícale energía concentrándote en el encantamiento de movilidad.

¡Muy importante!

Hechizo

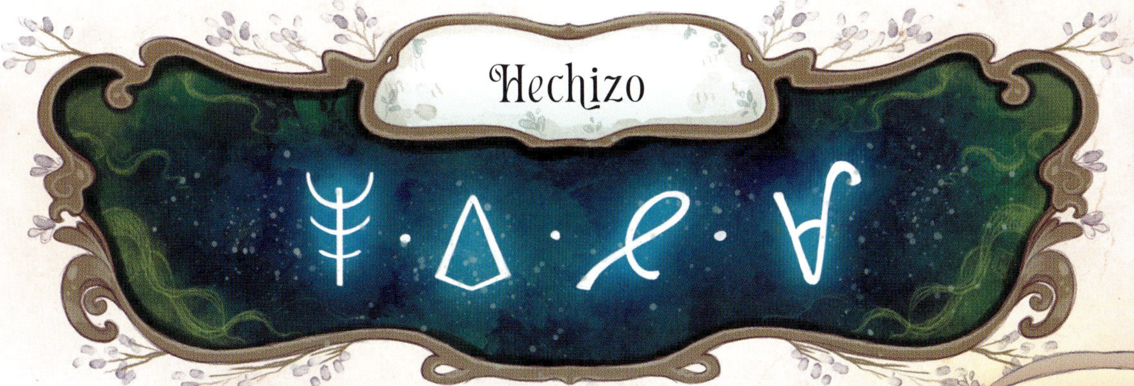

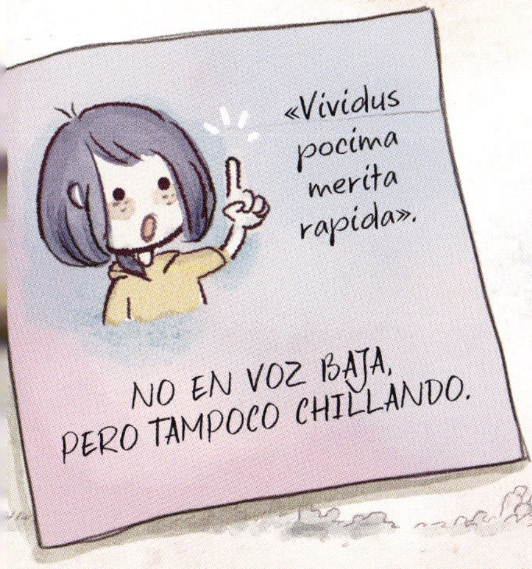
«Vividus pocima merita rapida».
NO EN VOZ BAJA, PERO TAMPOCO CHILLANDO.

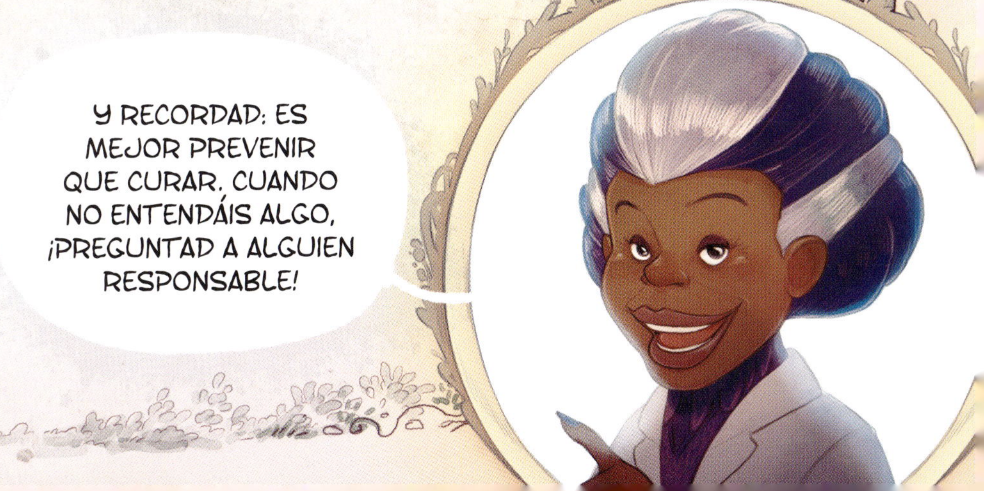
Y RECORDAD: ES MEJOR PREVENIR QUE CURAR. CUANDO NO ENTENDÁIS ALGO, ¡PREGUNTAD A ALGUIEN RESPONSABLE!

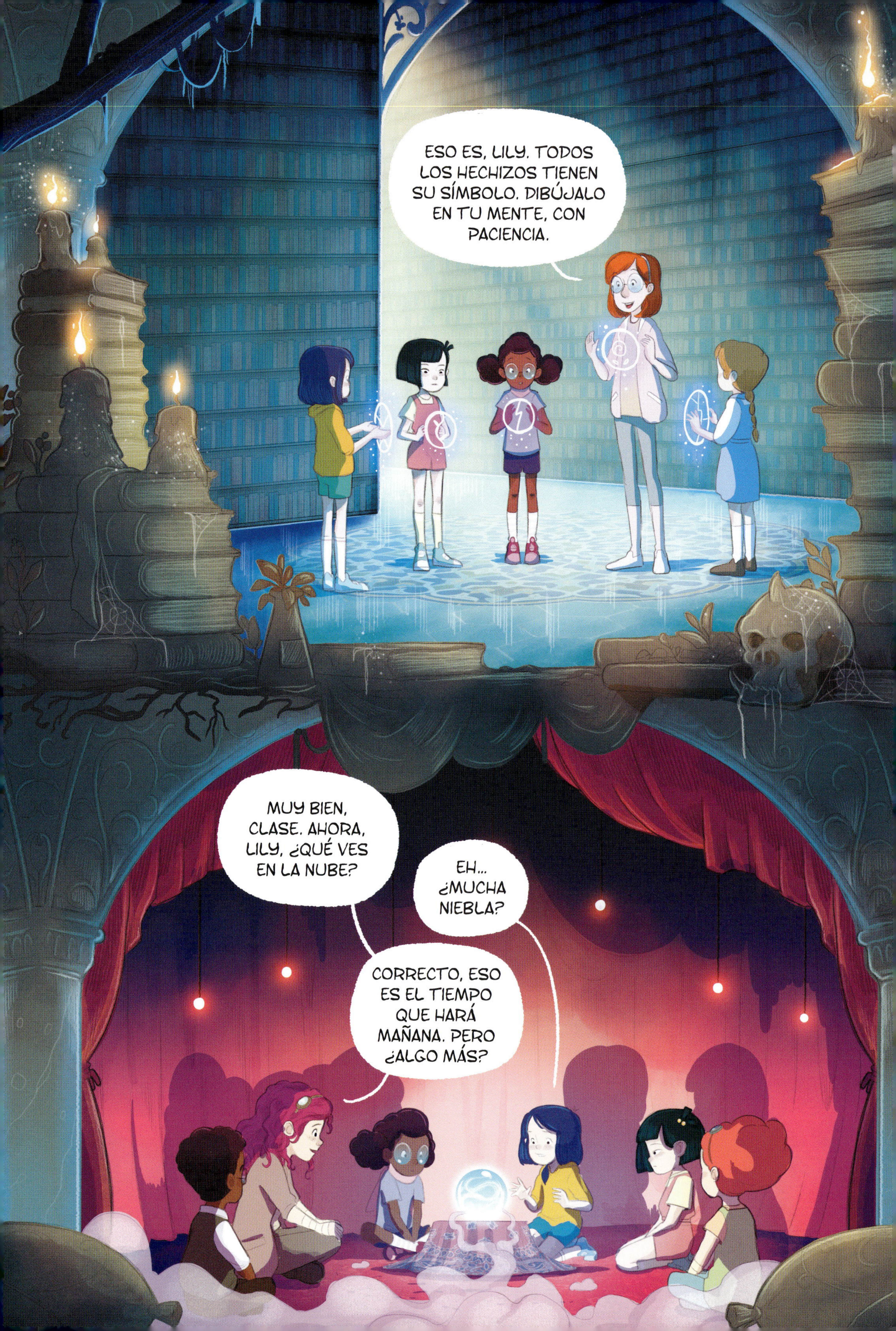

ESO ES, LILY. TODOS LOS HECHIZOS TIENEN SU SÍMBOLO. DIBÚJALO EN TU MENTE, CON PACIENCIA.
MUY BIEN, CLASE. AHORA, LILY, ¿QUÉ VES EN LA NUBE?
EH... ¿MUCHA NIEBLA?
CORRECTO, ESO ES EL TIEMPO QUE HARÁ MAÑANA. PERO ¿ALGO MÁS?

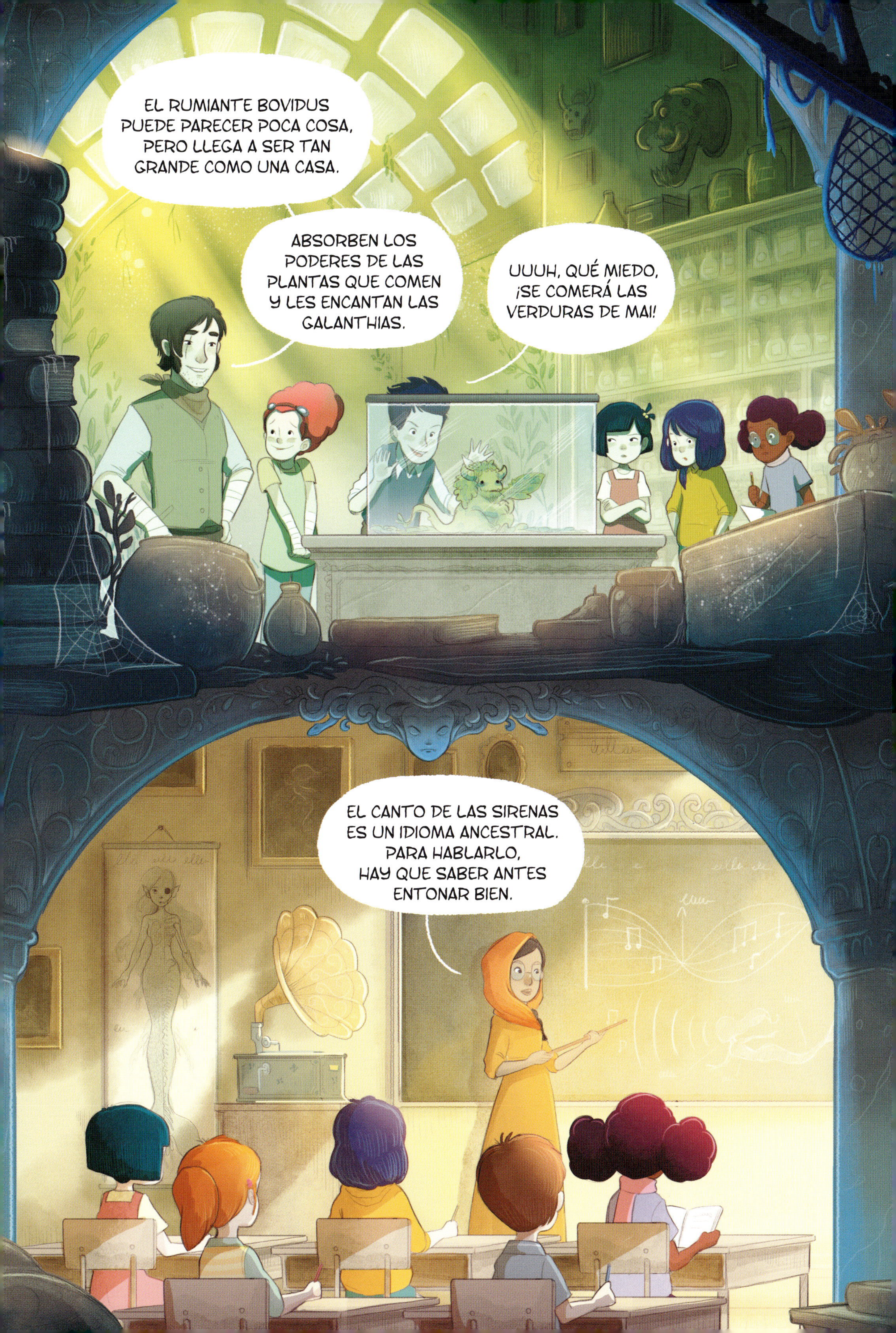
EL RUMIANTE BOVIDUS PUEDE PARECER POCA COSA, PERO LLEGA A SER TAN GRANDE COMO UNA CASA.
ABSORBEN LOS PODERES DE LAS PLANTAS QUE COMEN Y LES ENCANTAN LAS GALANTHIAS.
UUUH, QUÉ MIEDO, ¡SE COMERÁ LAS VERDURAS DE MAI!
EL CANTO DE LAS SIRENAS ES UN IDIOMA ANCESTRAL. PARA HABLARLO, HAY QUE SABER ANTES ENTONAR BIEN.

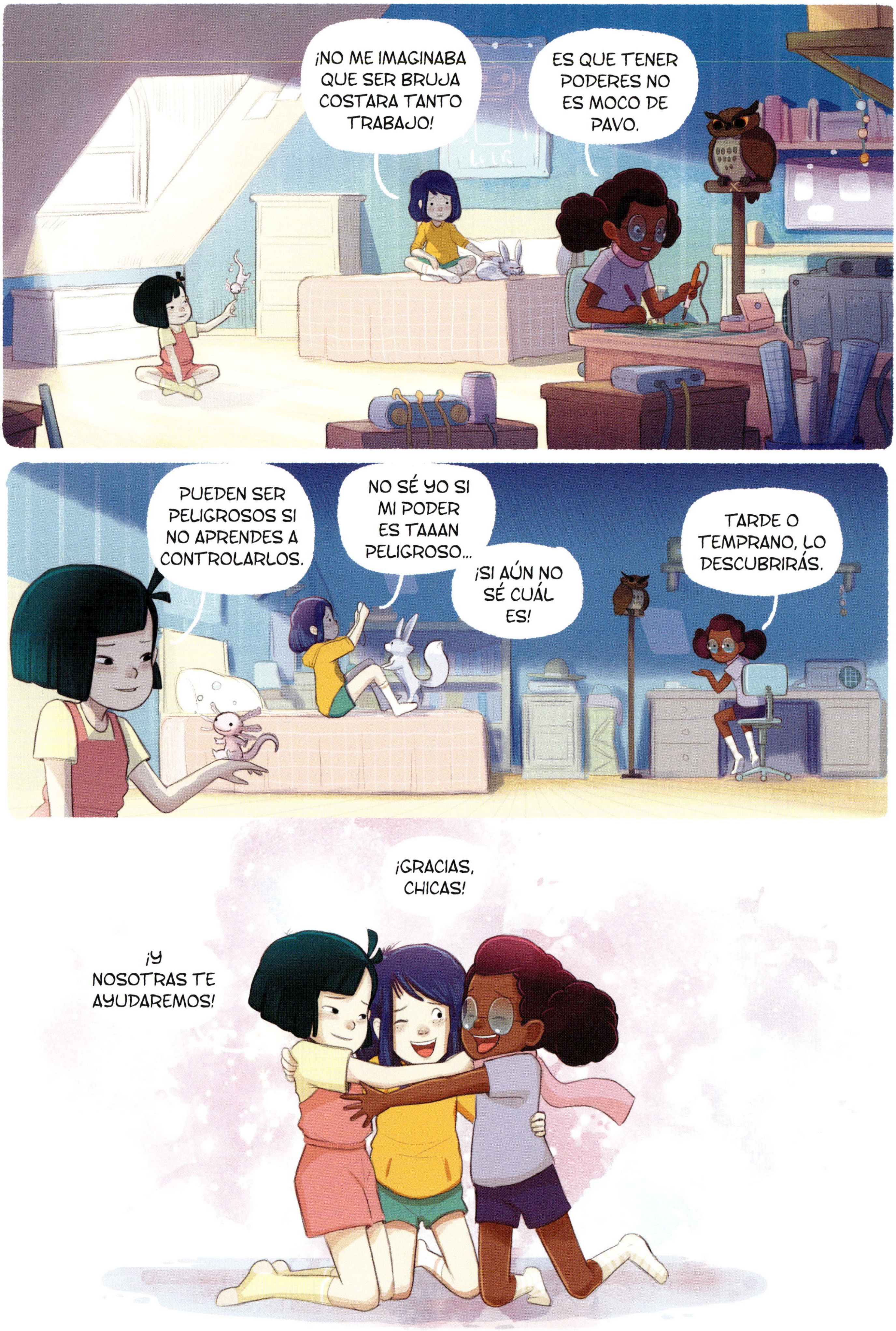
¡NO ME IMAGINABA QUE SER BRUJA COSTARA TANTO TRABAJO!
ES QUE TENER PODERES NO ES MOCO DE PAVO.
PUEDEN SER PELIGROSOS SI NO APRENDES A CONTROLARLOS.
NO SÉ YO SI MI PODER ES TAAAN PELIGROSO...
¡SI AÚN NO SÉ CUÁL ES!
TARDE O TEMPRANO, LO DESCUBRIRÁS.
¡GRACIAS, CHICAS!
¡Y NOSOTRAS TE AYUDAREMOS!

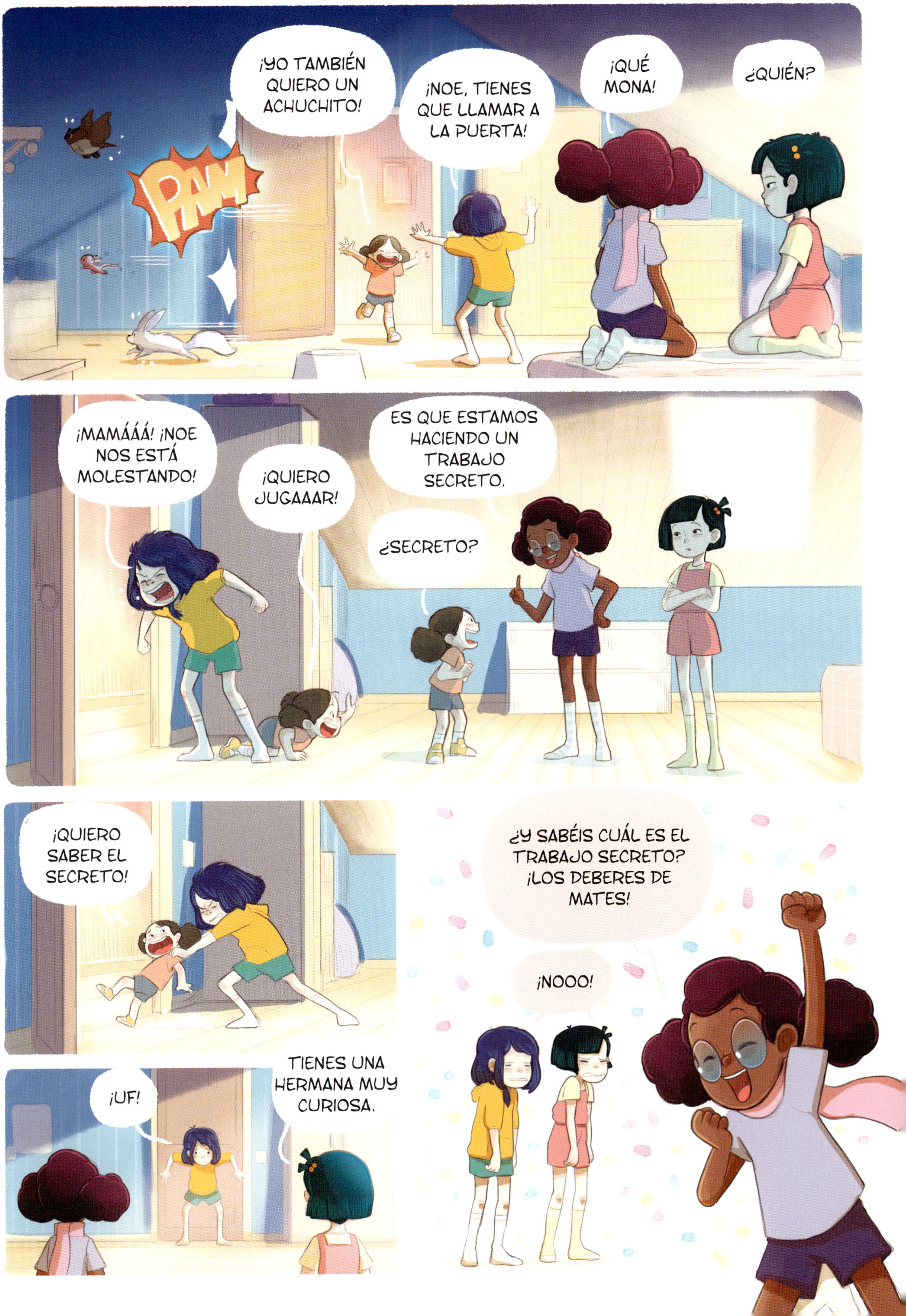
PAM
¡YO TAMBIÉN QUIERO UN ACHUCHITO!
¡NOE, TIENES QUE LLAMAR A LA PUERTA!
¡QUÉ MONA!
¿QUIÉN?
¡MAMÁÁÁ! ¡NOE NOS ESTÁ MOLESTANDO!
¡QUIERO JUGAAAR!
ES QUE ESTAMOS HACIENDO UN TRABAJO SECRETO.
¿SECRETO?
¡QUIERO SABER EL SECRETO!
¡UF!
TIENES UNA HERMANA MUY CURIOSA.
¿Y SABÉIS CUÁL ES EL TRABAJO SECRETO? ¡LOS DEBERES DE MATES!
¡NOOO!

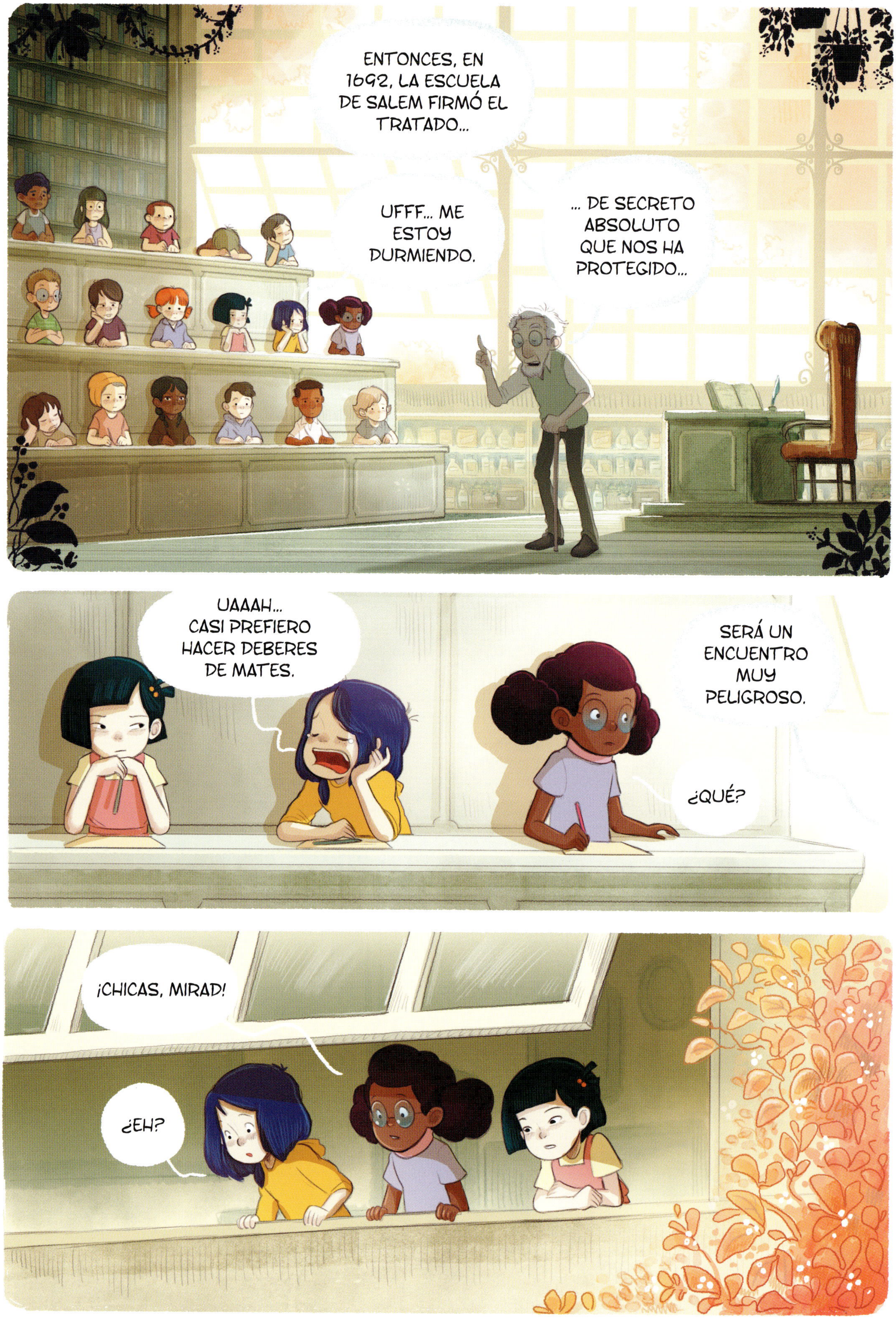
ENTONCES, EN 1692, LA ESCUELA DE SALEM FIRMÓ EL TRATADO...
UFFF... ME ESTOY DURMIENDO.
... DE SECRETO ABSOLUTO QUE NOS HA PROTEGIDO...
UAAAH... CASI PREFIERO HACER DEBERES DE MATES.
SERÁ UN ENCUENTRO MUY PELIGROSO.
¿QUÉ?
¡CHICAS, MIRAD!
¿EH?

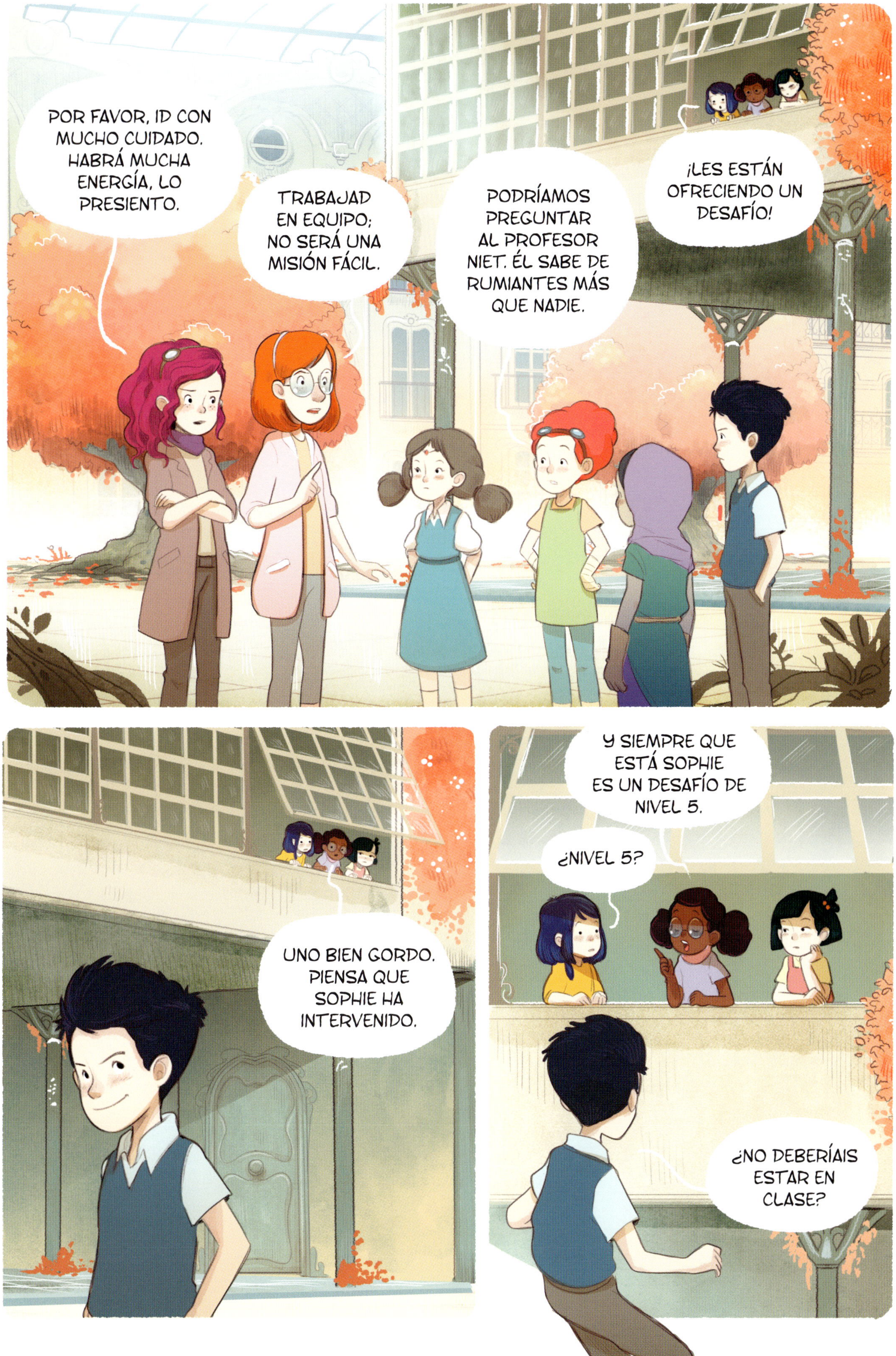
POR FAVOR, ID CON MUCHO CUIDADO. HABRÁ MUCHA ENERGÍA, LO PRESIENTO.
TRABAJAD EN EQUIPO; NO SERÁ UNA MISIÓN FÁCIL.
PODRÍAMOS PREGUNTAR AL PROFESOR NIET. ÉL SABE DE RUMIANTES MÁS QUE NADIE.
¡LES ESTÁN OFRECIENDO UN DESAFÍO!
UNO BIEN GORDO. PIENSA QUE SOPHIE HA INTERVENIDO.
Y SIEMPRE QUE ESTÁ SOPHIE ES UN DESAFÍO DE NIVEL 5.
¿NIVEL 5?
¿NO DEBERÍAIS ESTAR EN CLASE?

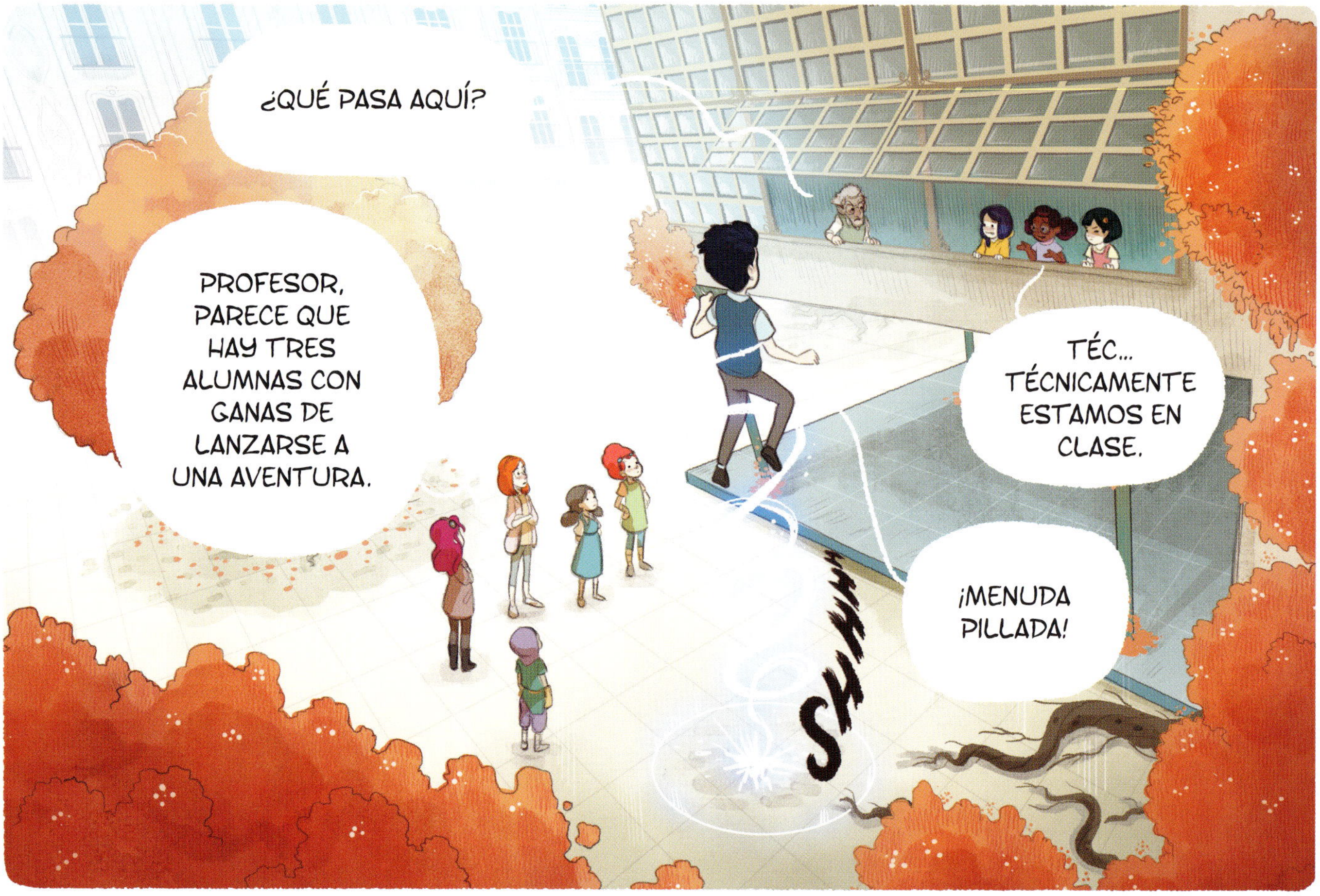
¿QUÉ PASA AQUÍ?
PROFESOR, PARECE QUE HAY TRES ALUMNAS CON GANAS DE LANZARSE A UNA AVENTURA.
TÉC... TÉCNICAMENTE ESTAMOS EN CLASE.
¡MENUDA PILLADA!
SHHHHH

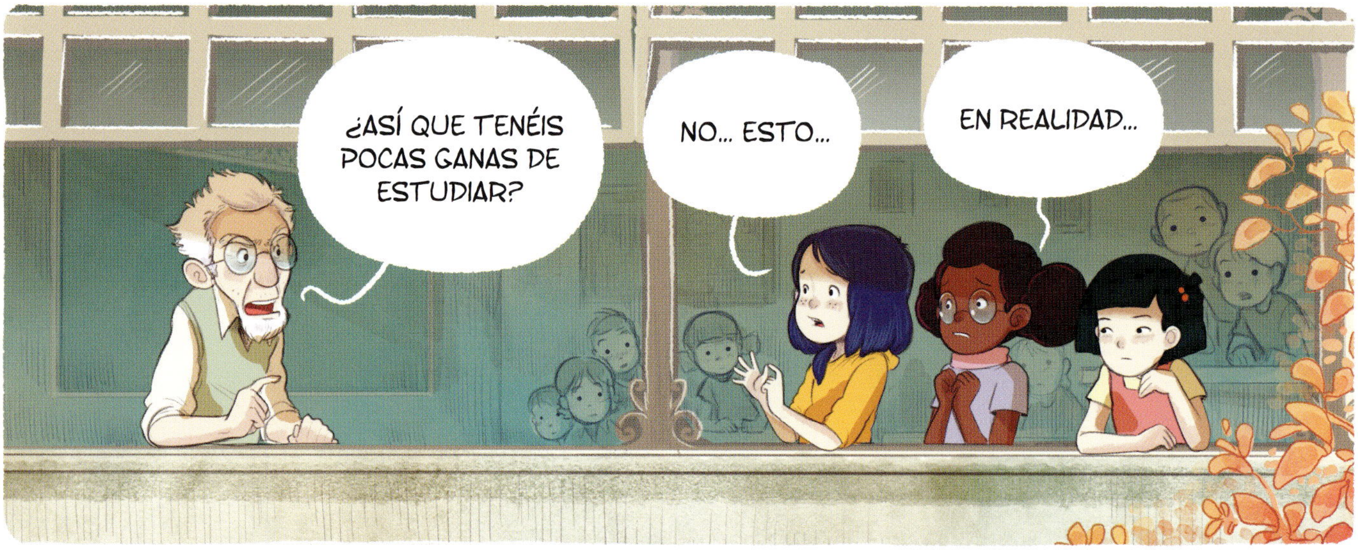
¿ASÍ QUE TENÉIS POCAS GANAS DE ESTUDIAR?
NO... ESTO...
EN REALIDAD...

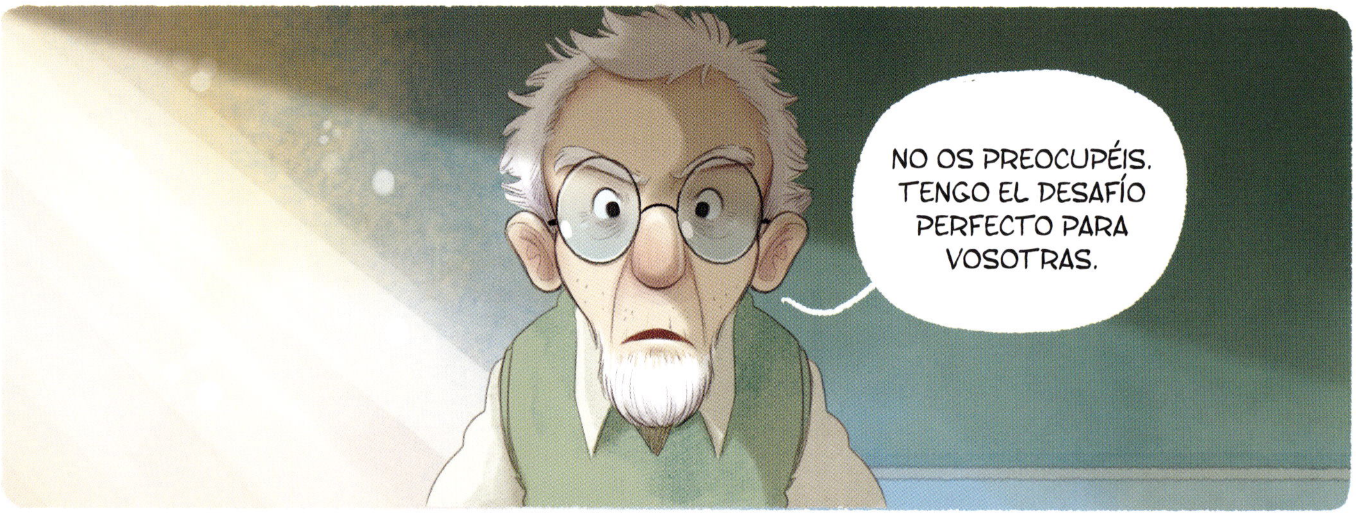
NO OS PREOCUPÉIS. TENGO EL DESAFÍO PERFECTO PARA VOSOTRAS.

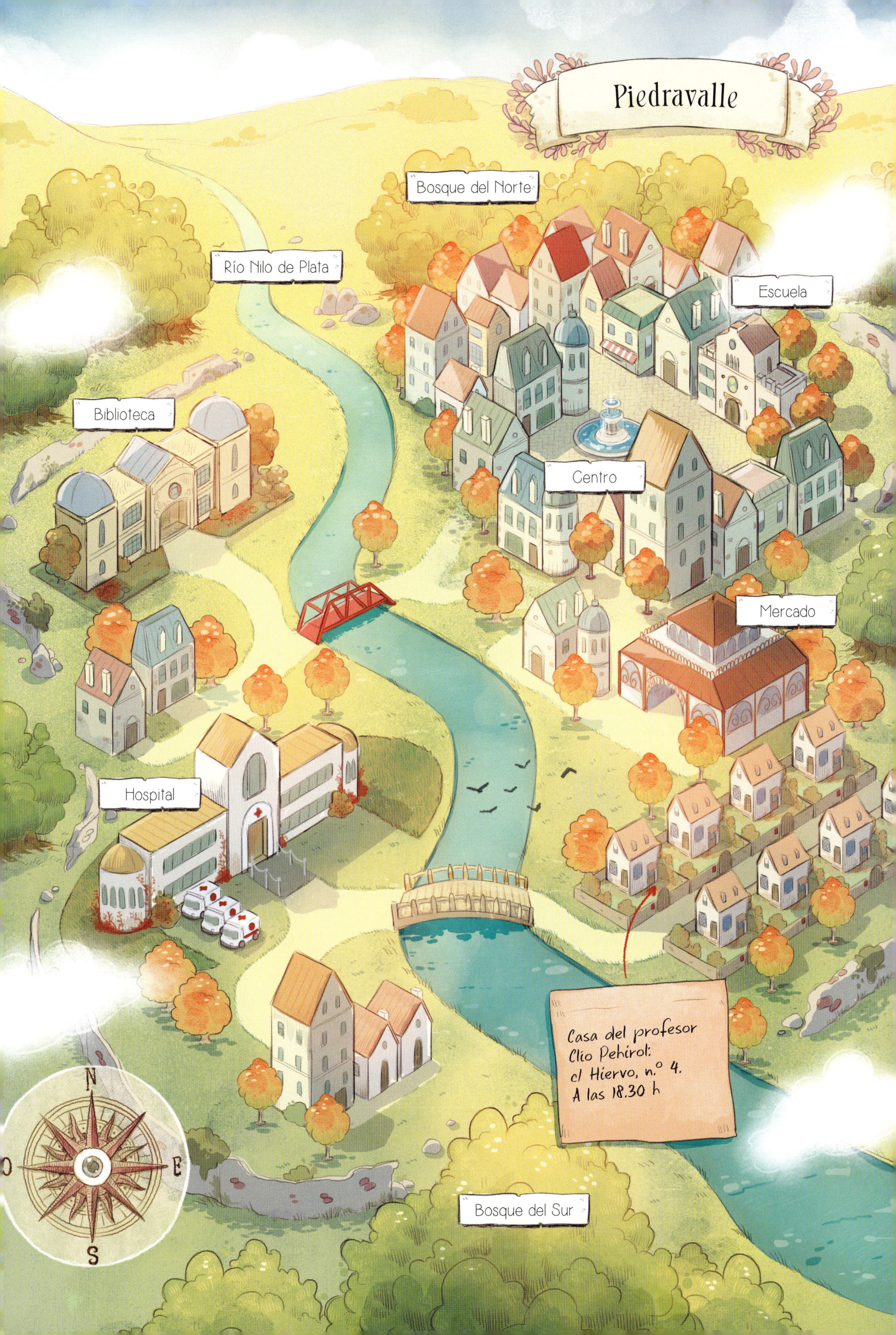

Piedravalle
Bosque del Norte
Río Nilo de Plata
Escuela
Biblioteca
Centro
Mercado
Hospital
Casa del profesor
Clio Pehirol:
c/ Hiervo, n.º 4.
A las 18.30 h
N
O
E
S
Bosque del Sur

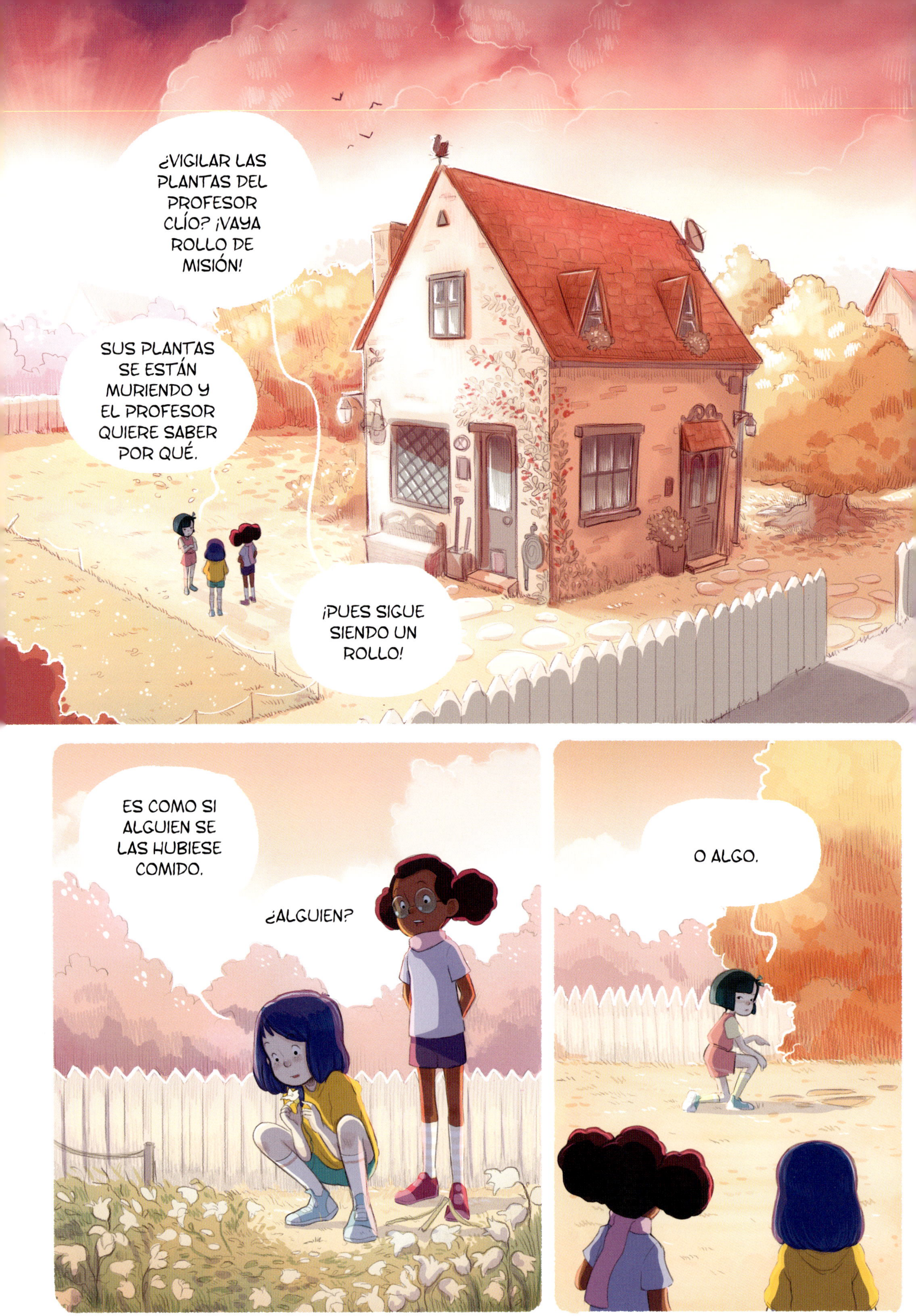
¿VIGILAR LAS PLANTAS DEL PROFESOR CLÍO? ¡VAYA ROLLO DE MISIÓN!
SUS PLANTAS SE ESTÁN MURIENDO Y EL PROFESOR QUIERE SABER POR QUÉ.
¡PUES SIGUE SIENDO UN ROLLO!
ES COMO SI ALGUIEN SE LAS HUBIESE COMIDO.
¿ALGUIEN?
O ALGO.

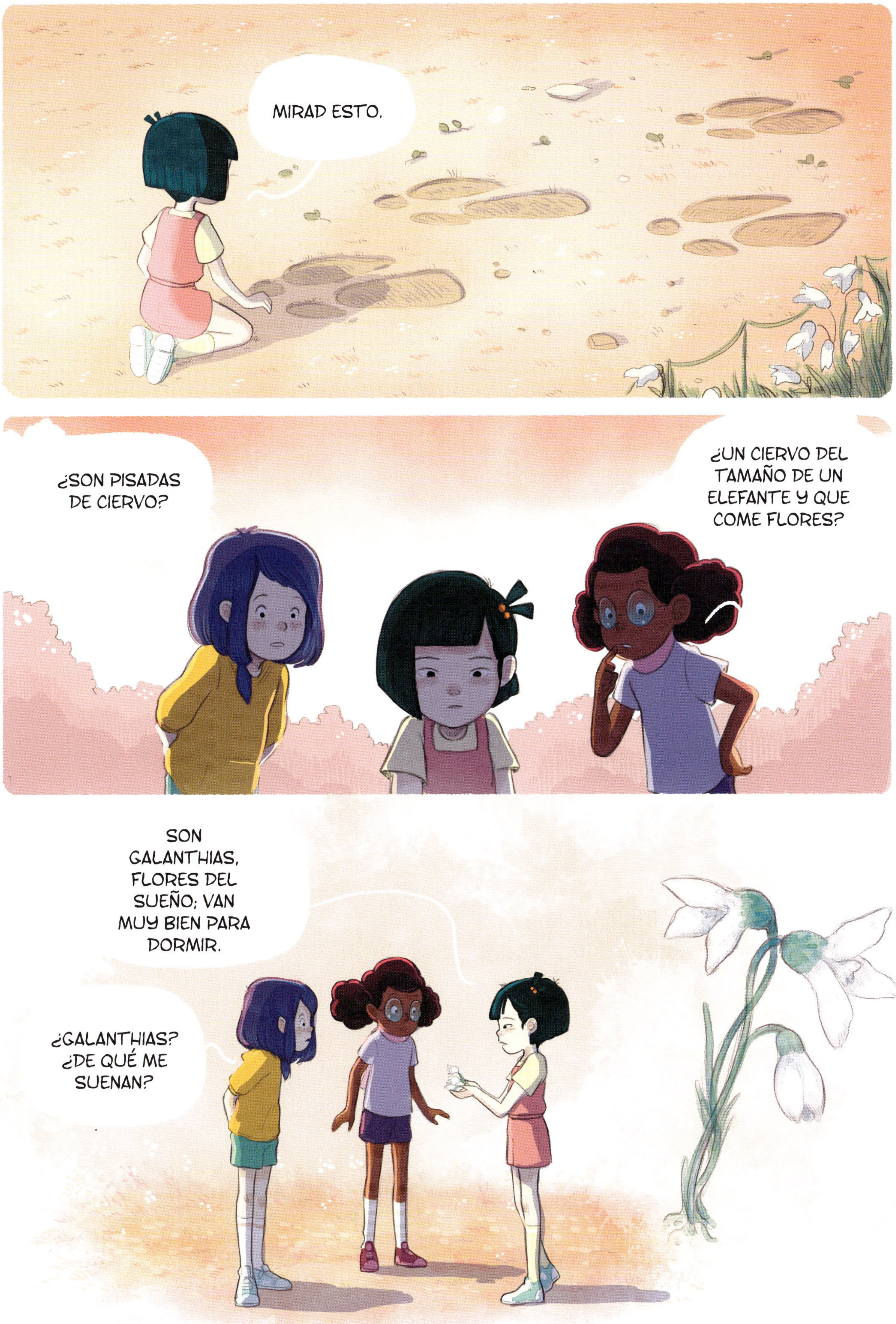
MIRAD ESTO.
¿SON PISADAS DE CIERVO?
¿UN CIERVO DEL TAMAÑO DE UN ELEFANTE Y QUE COME FLORES?
SON GALANTHIAS, FLORES DEL SUEÑO; VAN MUY BIEN PARA DORMIR.
¿GALANTHIAS? ¿DE QUÉ ME SUENAN?

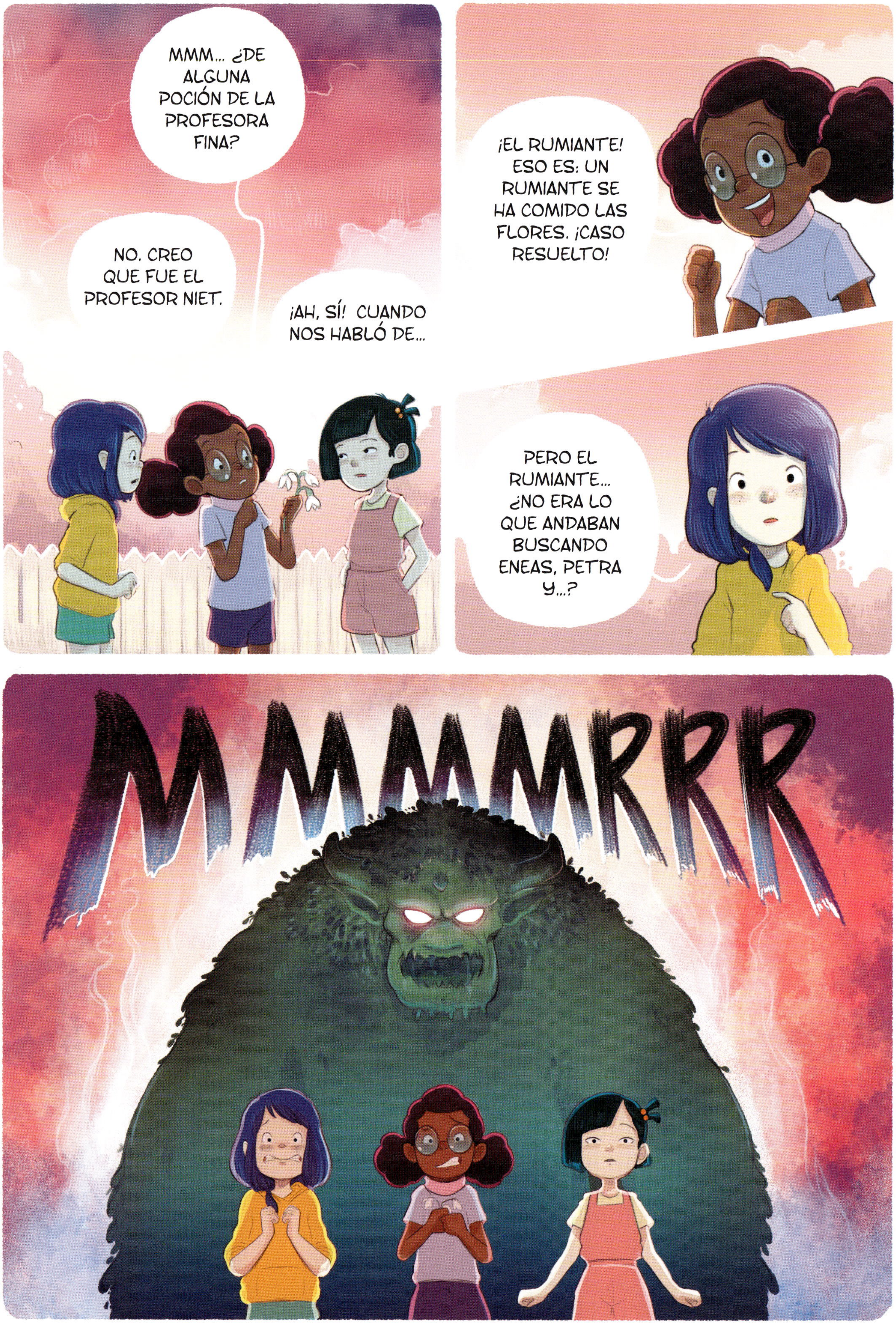
MMM... ¿DE ALGUNA POCIÓN DE LA PROFESORA FINA?
NO. CREO QUE FUE EL PROFESOR NIET.
¡AH, SÍ! CUANDO NOS HABLÓ DE...
¡EL RUMIANTE! ESO ES: UN RUMIANTE SE HA COMIDO LAS FLORES. ¡CASO RESUELTO!
PERO EL RUMIANTE... ¿NO ERA LO QUE ANDABAN BUSCANDO ENEAS, PETRA Y...?
MMMMRRR

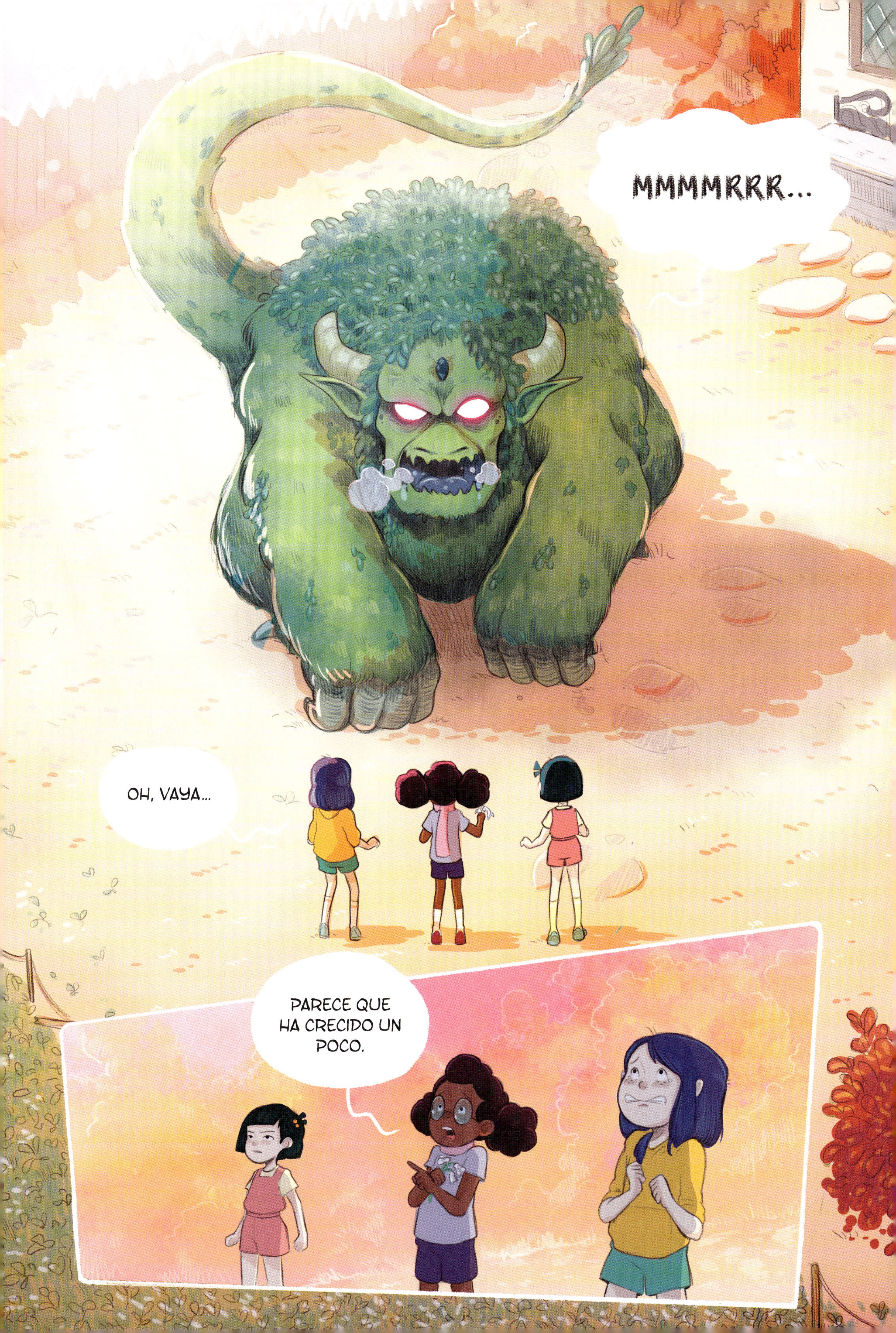
MMMMRRR...
OH, VAYA...
PARECE QUE HA CRECIDO UN POCO.

Bovidus artylodacto, Rumiante

El *Bovidus artylodacto*, conocido como rumiante, es un animal mágico de la familia de los bóvidos que se alimenta de vegetales.

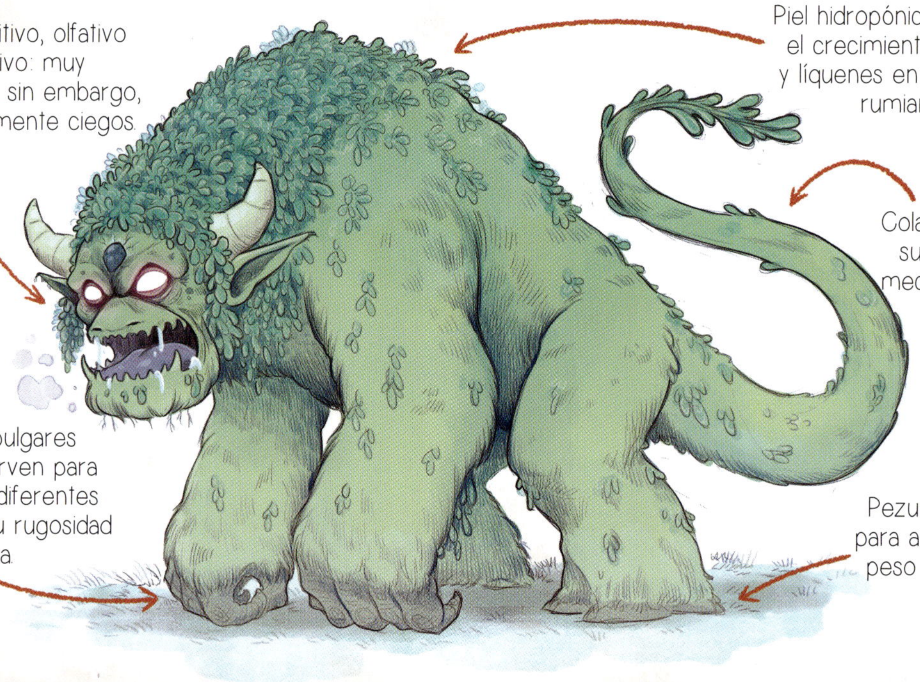
Sentido auditivo, olfativo y gustativo: muy desarrollados, sin embargo, son prácticamente ciegos.
Piel hidropónica: favorece el crecimiento de algas y líquenes en el pelo del rumiante.
Cola muscular: su principal mecanismo de ataque.
Manos con pulgares oponibles: le sirven para reconocer las diferentes plantas según su rugosidad y forma.
Pezuñas: perfectas para aguantar el gran peso de su cuerpo.

Características:

— Los rumiantes son seres solitarios, por lo que no acostumbran a acercarse a las personas.
— No son agresivos, pero sí muy territoriales. Si sienten que su zona de pasto ha sido invadida, sin llegar a embestirlo, suelen amenazar al invasor.

El tamaño del rumiante dependerá de la cantidad de comida que llegue a ingerir. Puede alcanzar los cuatro metros de alto al cumplir un año de vida. Durante ese primer año, el rumiante desarrolla sus cualidades mágicas.

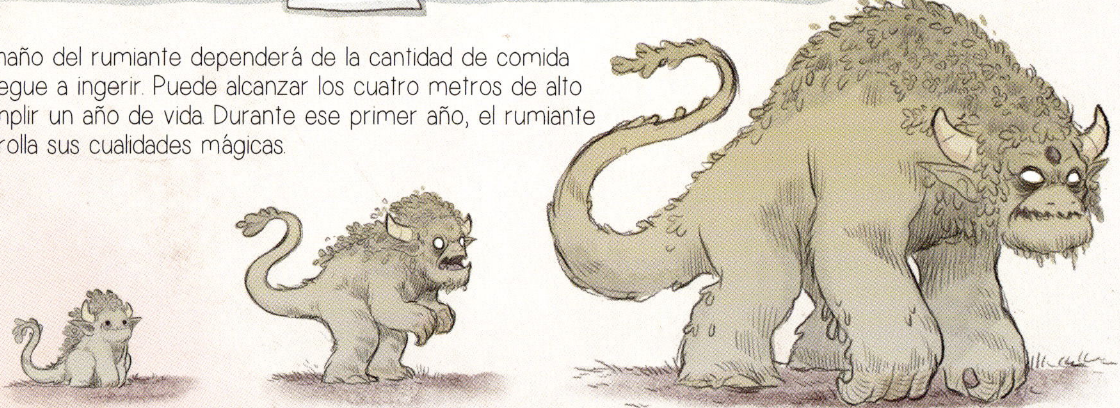

Fases de desarrollo

Alimentación:

El rumiante es un animal herbívoro que se alimenta especialmente de plantas con cualidades mágicas. Estas son algunas de sus preferidas:

Salvia rosmarinus

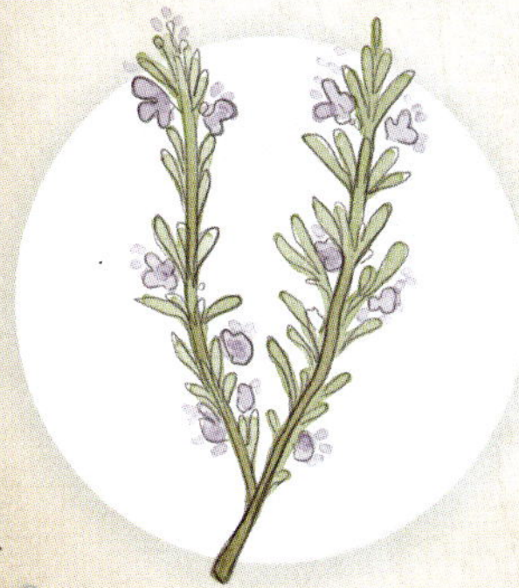

Romero. Potente ahuyentador de los poltergeists. Su flor tiene poderes curativos que se potencian en las noches de luna llena.

Galanthias

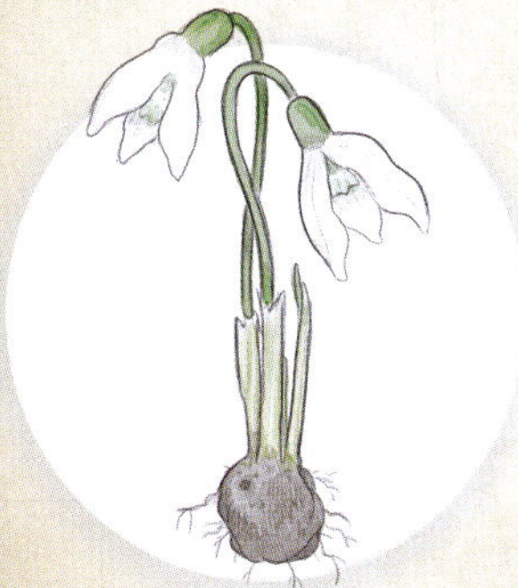

Flores del sueño. Especialmente útiles para preparar pociones sedantes de uso medicinal.

Eucalyptus

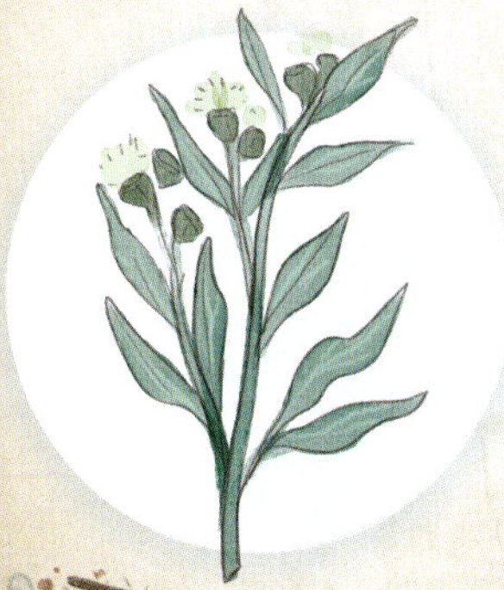

Eucalipto. Planta muy venenosa. Los rumiantes australianos han acabado desarrollando un estómago resistente a ella.

Crocus sativus

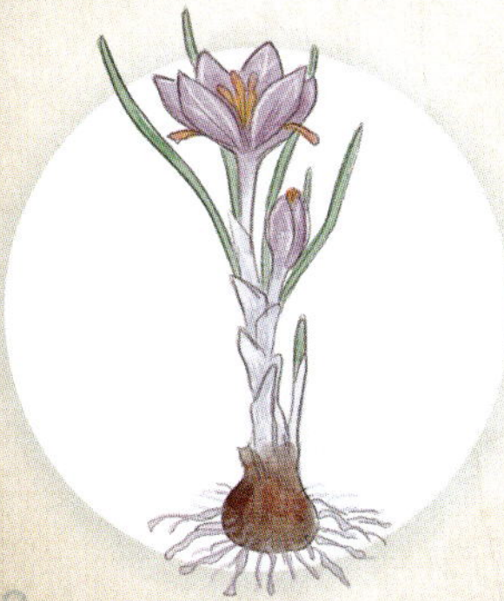

Flor de azafrán. Muy usada en filtros y encantamientos para el amor. Puede controlar la voluntad de quien la tome o la inhale.

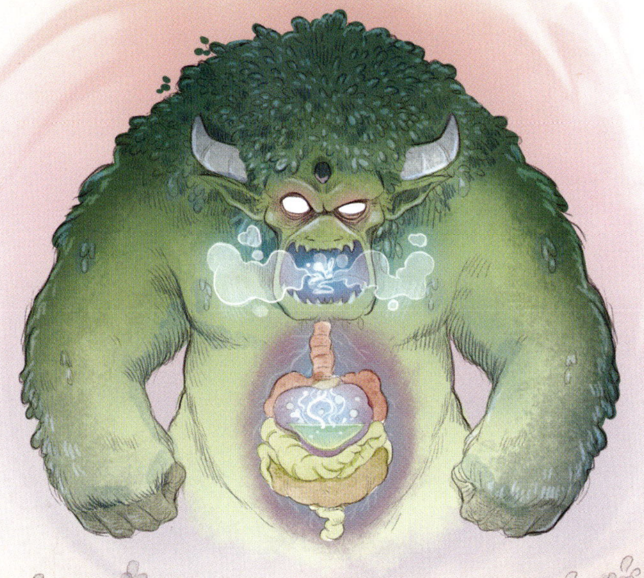

A través de su estómago, el rumiante tiene la capacidad de absorber el poder de las plantas mágicas que come para luego utilizarlo en su defensa. Así, si su dieta fuera de eucalipto, su aliento sería altamente venenoso.

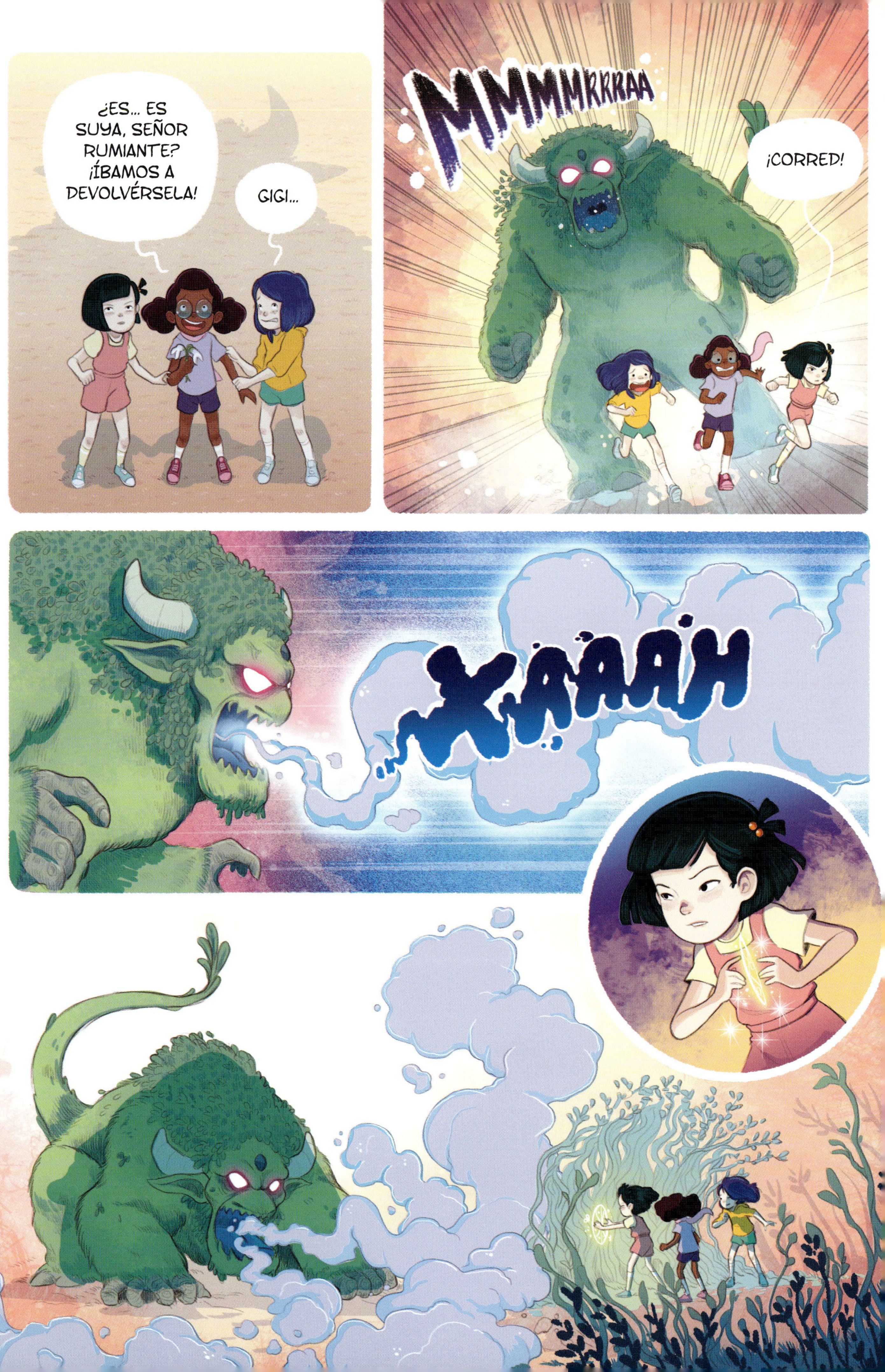
¿ES... ES SUYA, SEÑOR RUMIANTE? ¡ÍBAMOS A DEVOLVÉRSELA!
GIGI...
MMMMRRRAA
¡CORRED!
XAAAH

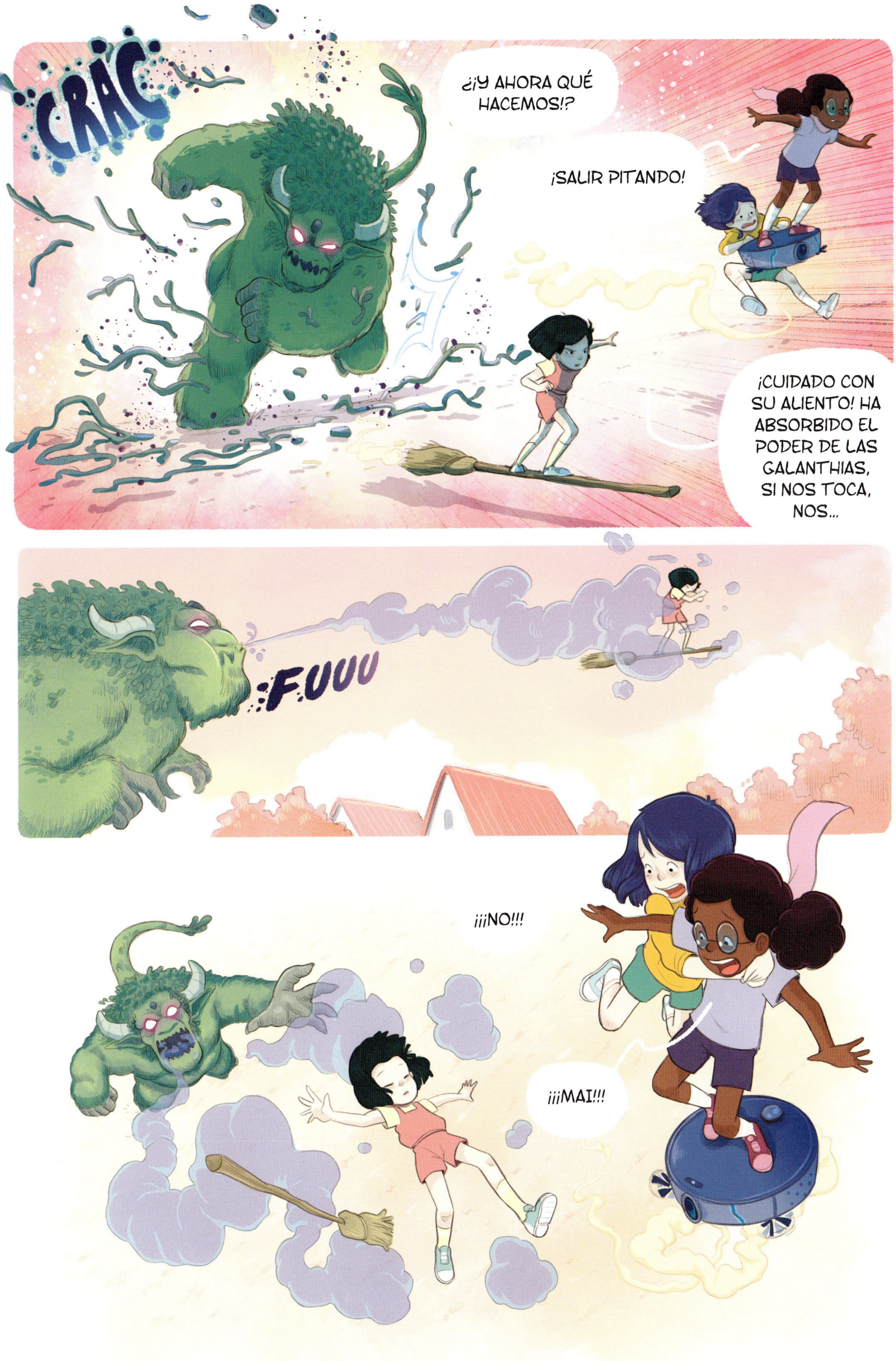
CRAC
¿¡Y AHORA QUÉ HACEMOS!?
¡SALIR PITANDO!
¡CUIDADO CON SU ALIENTO! HA ABSORBIDO EL PODER DE LAS GALANTHIAS, SI NOS TOCA, NOS...
FUUU
¡¡¡NO!!!
¡¡¡MAI!!!

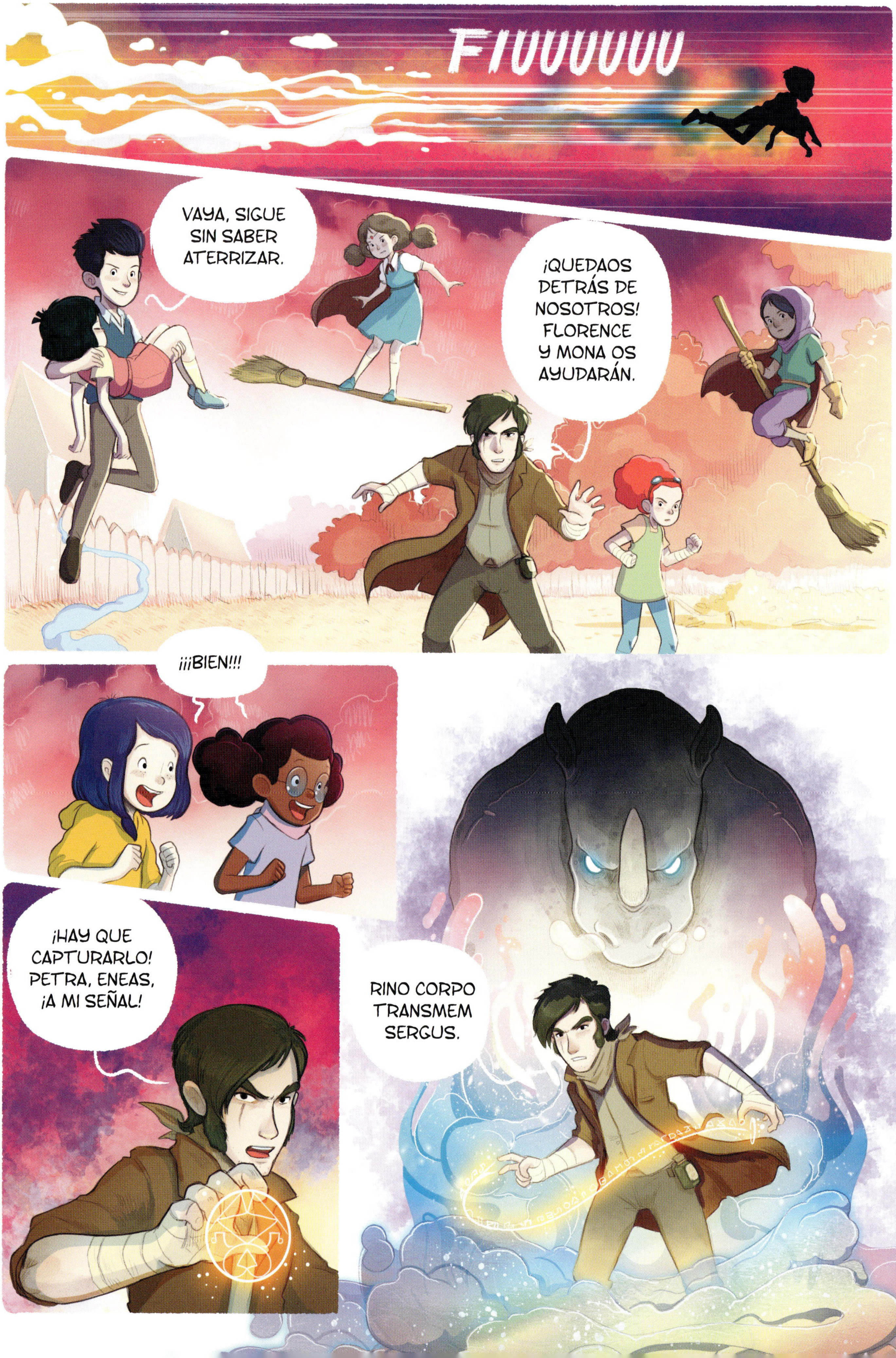
FIUUUUUU
VAYA, SIGUE SIN SABER ATERRIZAR.
¡QUEDAOS DETRÁS DE NOSOTROS! FLORENCE Y MONA OS AYUDARÁN.
¡¡¡BIEN!!!
¡HAY QUE CAPTURARLO! PETRA, ENEAS, ¡A MI SEÑAL!
RINO CORPO TRANSMEM SERGUS.

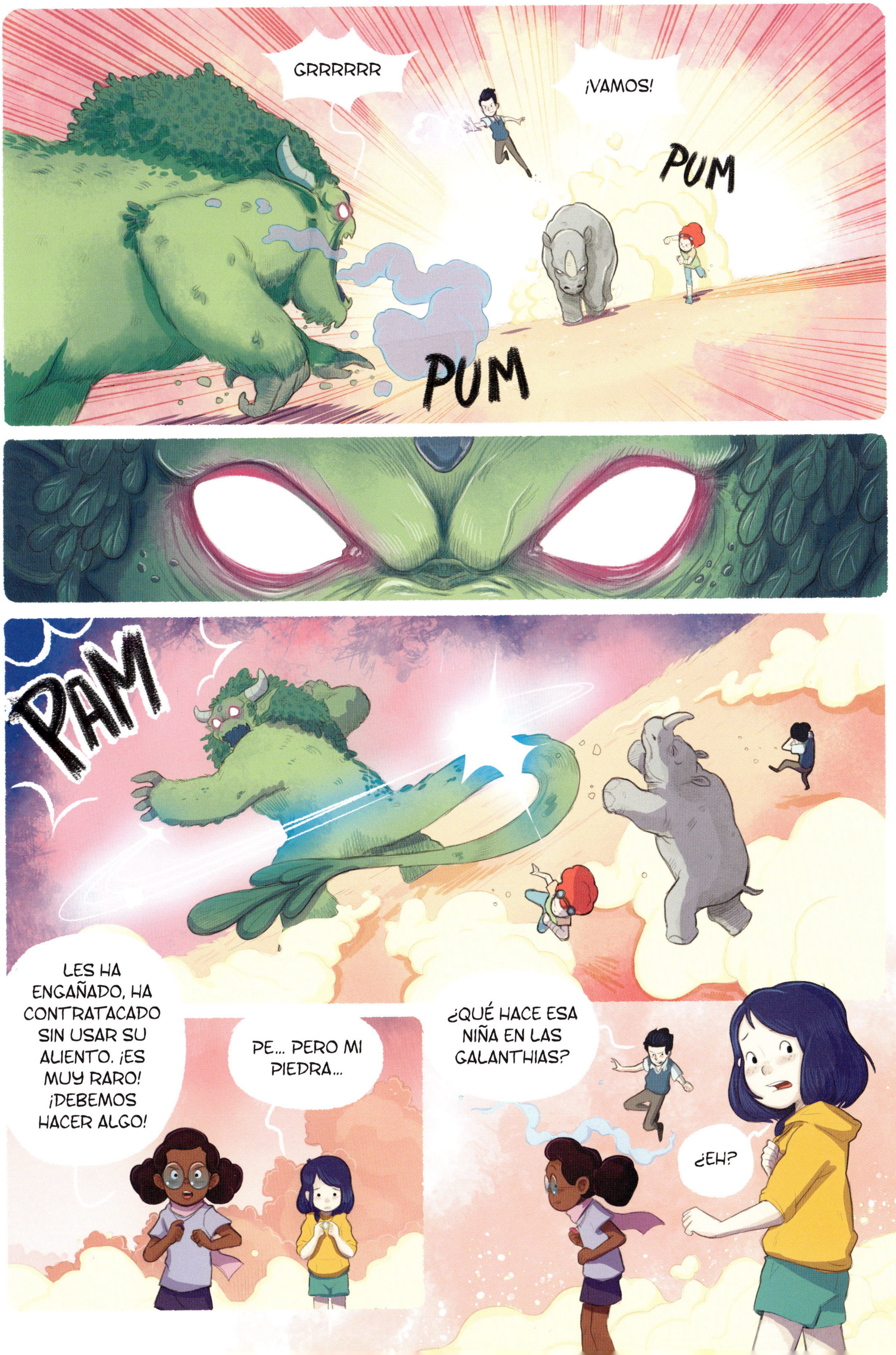
GRRRRRR
¡VAMOS!
PUM
PUM
PAM
LES HA ENGAÑADO, HA CONTRATACADO SIN USAR SU ALIENTO. ¡ES MUY RARO! ¡DEBEMOS HACER ALGO!
PE... PERO MI PIEDRA...
¿QUÉ HACE ESA NIÑA EN LAS GALANTHIAS?
¿EH?

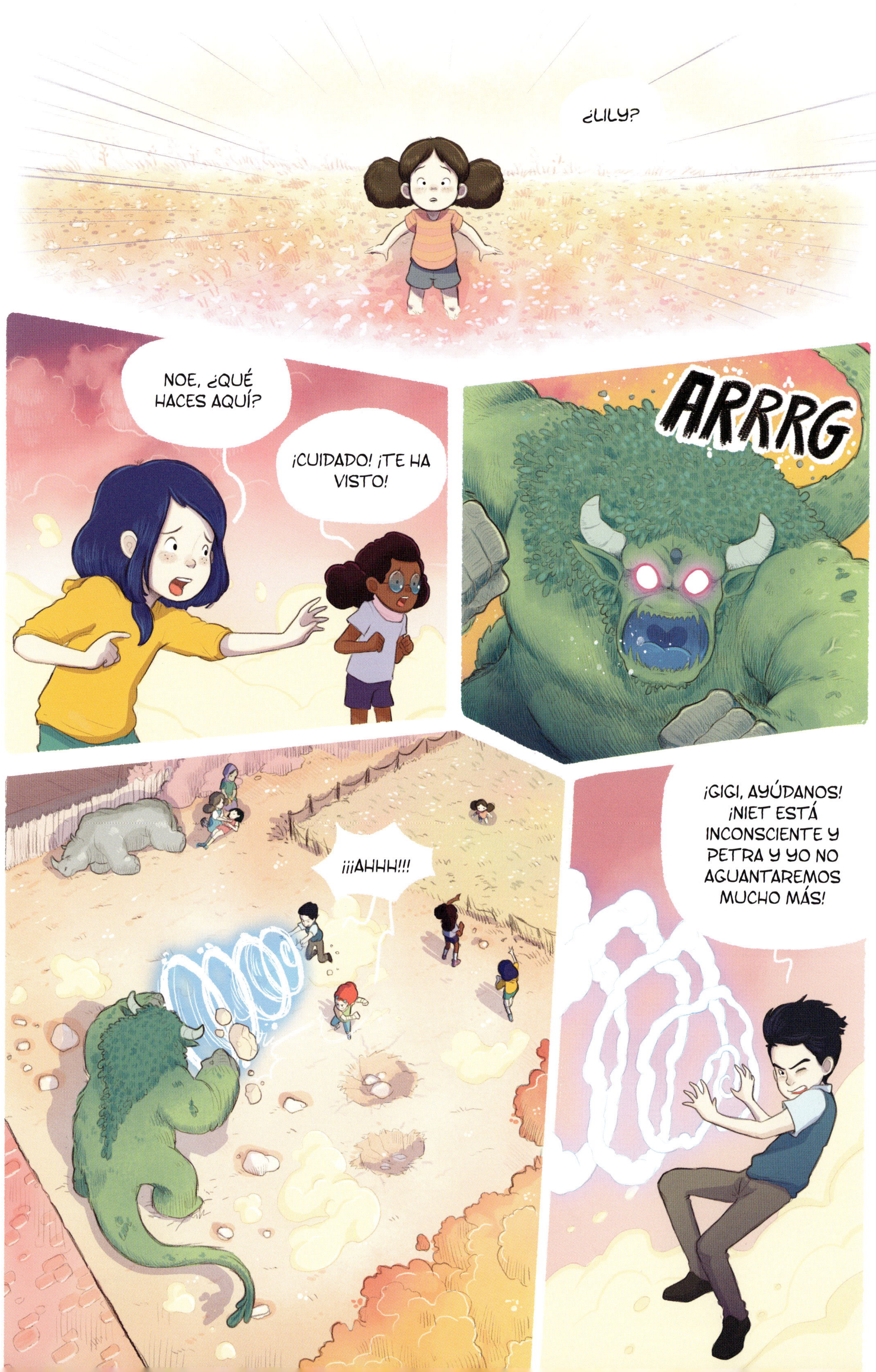
¿LILY?
NOE, ¿QUÉ HACES AQUÍ?
¡CUIDADO! ¡TE HA VISTO!
ARRRG
¡¡¡AHHH!!!
¡GIGI, AYÚDANOS! ¡NIET ESTÁ INCONSCIENTE Y PETRA Y YO NO AGUANTAREMOS MUCHO MÁS!

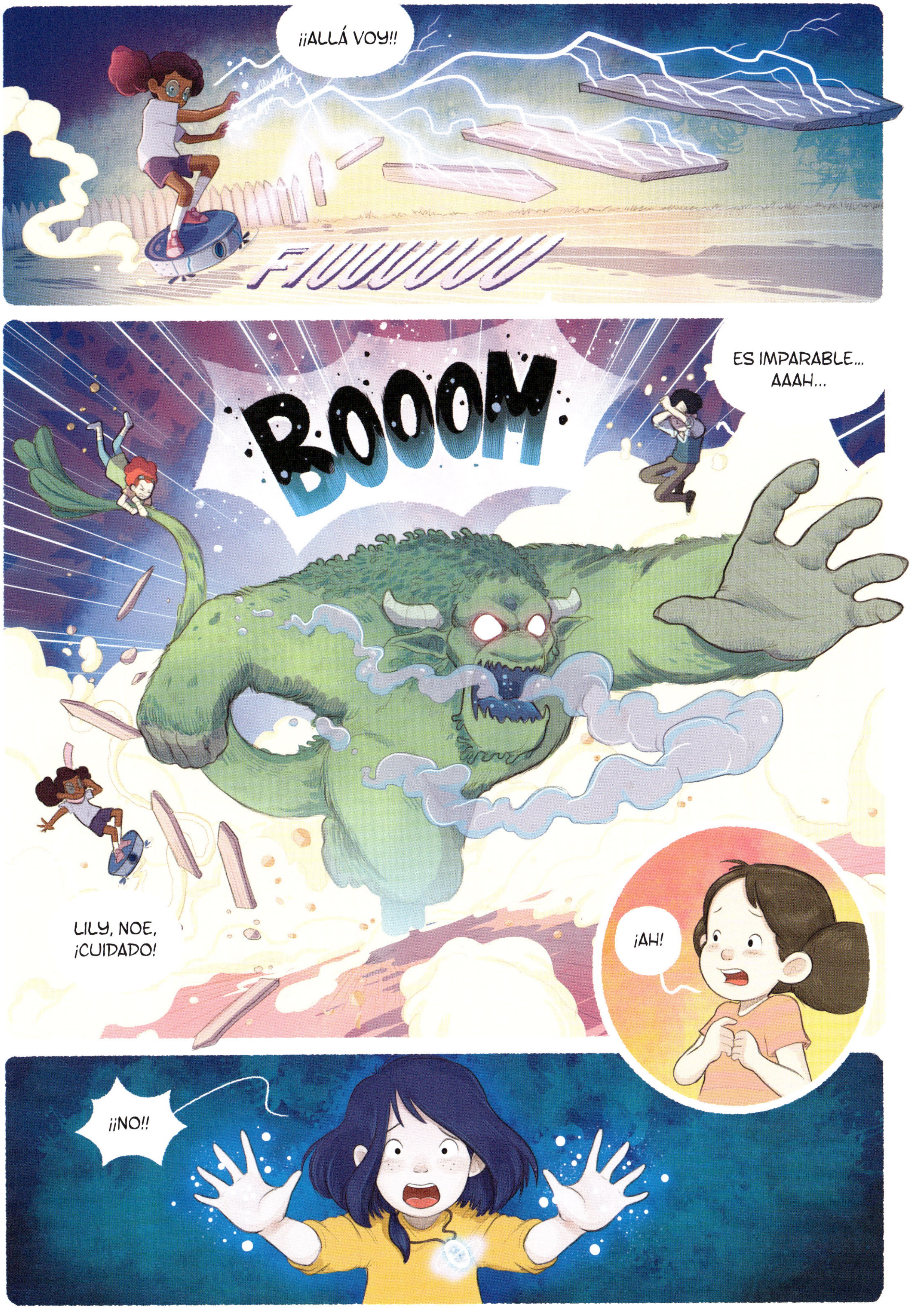
¡¡ALLÁ VOY!!
FIUUUUUUU
BOOOM
ES IMPARABLE... AAAH...
LILY, NOE, ¡CUIDADO!
¡AH!
¡¡NO!!

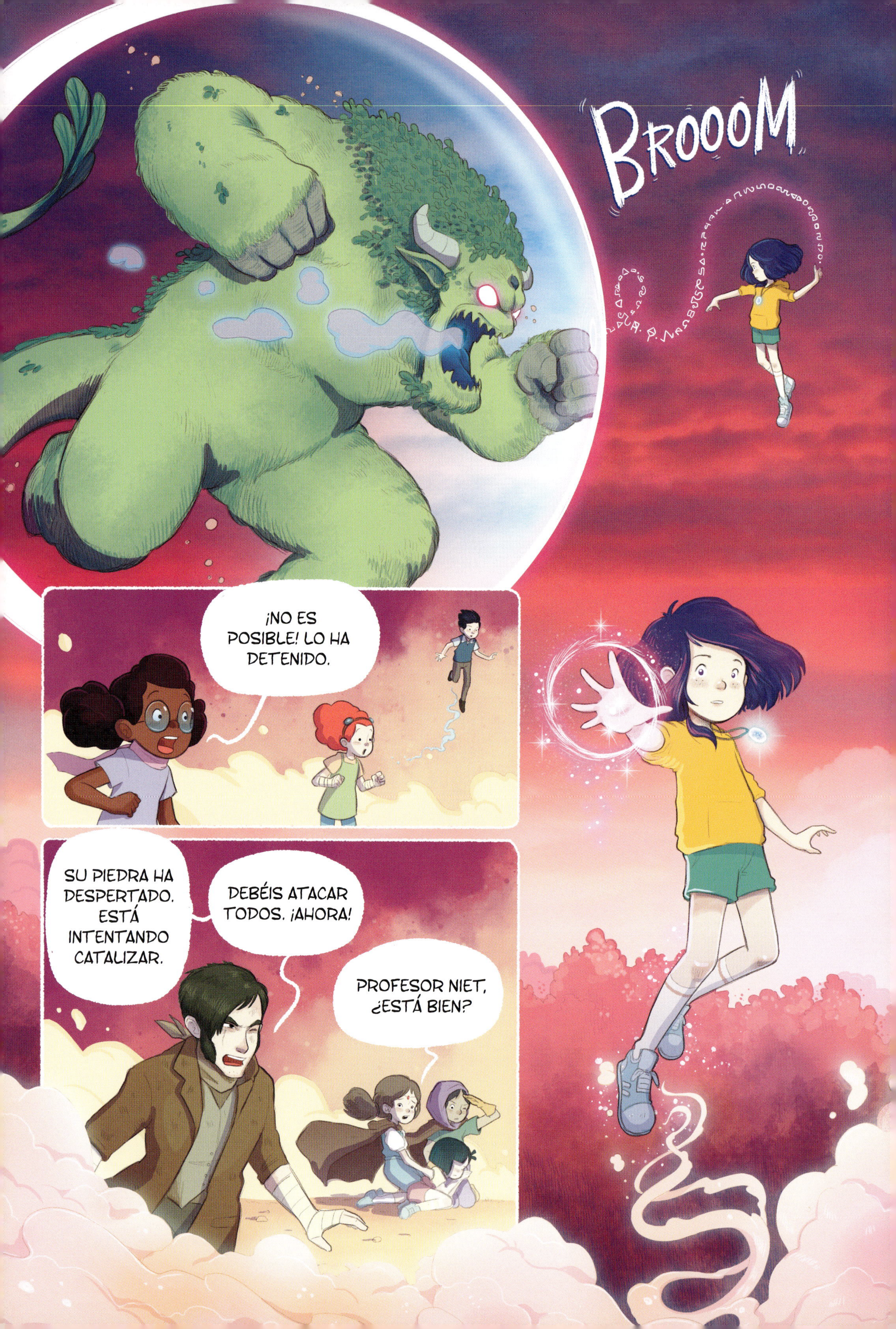
BROOOM
¡NO ES POSIBLE! LO HA DETENIDO.
SU PIEDRA HA DESPERTADO. ESTÁ INTENTANDO CATALIZAR.
DEBÉIS ATACAR TODOS. ¡AHORA!
PROFESOR NIET, ¿ESTÁ BIEN?

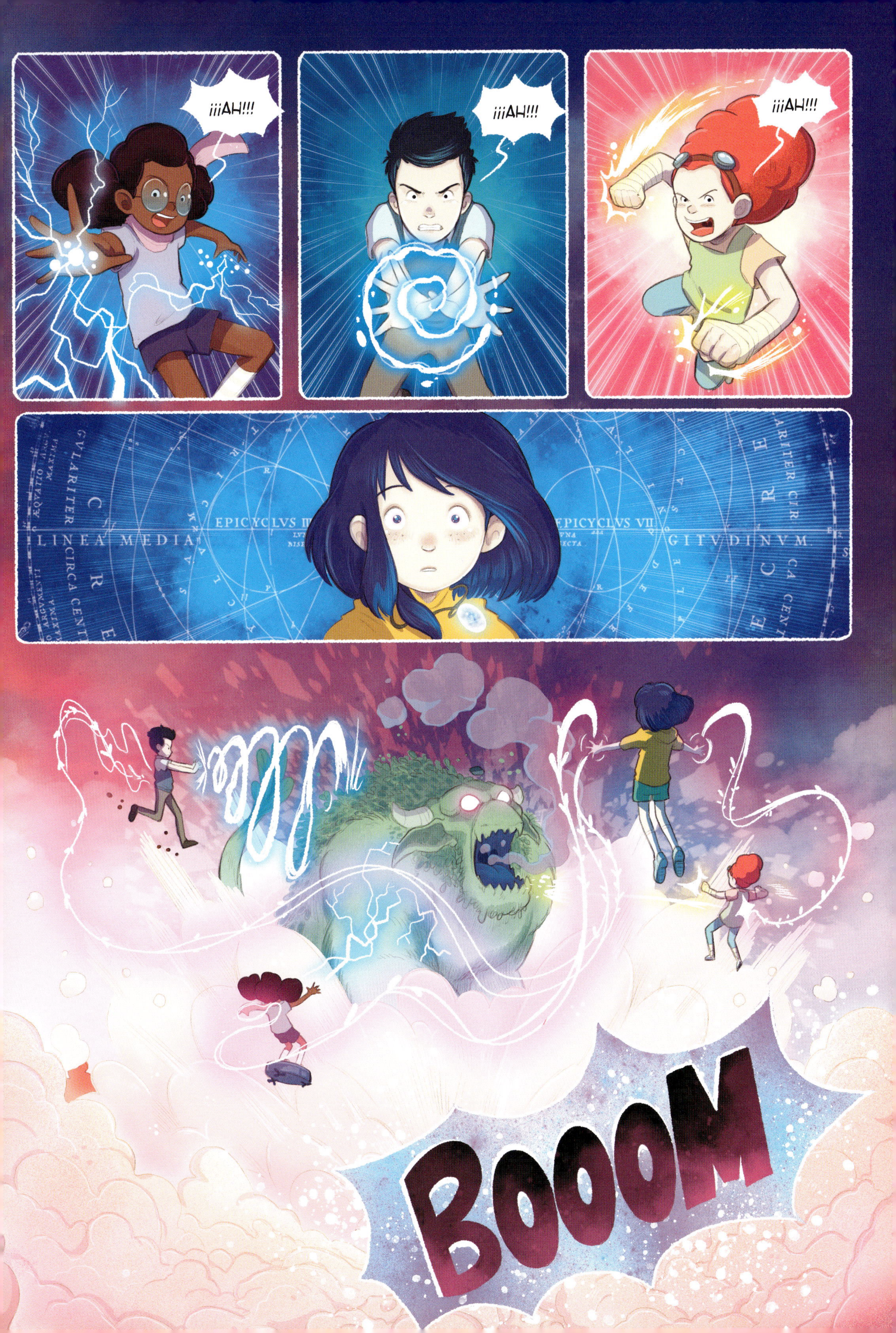
¡¡¡AH!!!
¡¡¡AH!!!
¡¡¡AH!!!
LINEA MEDIA
EPICYCLVS III
EPICYCLVS VII
GITVDINVM
BOOOM

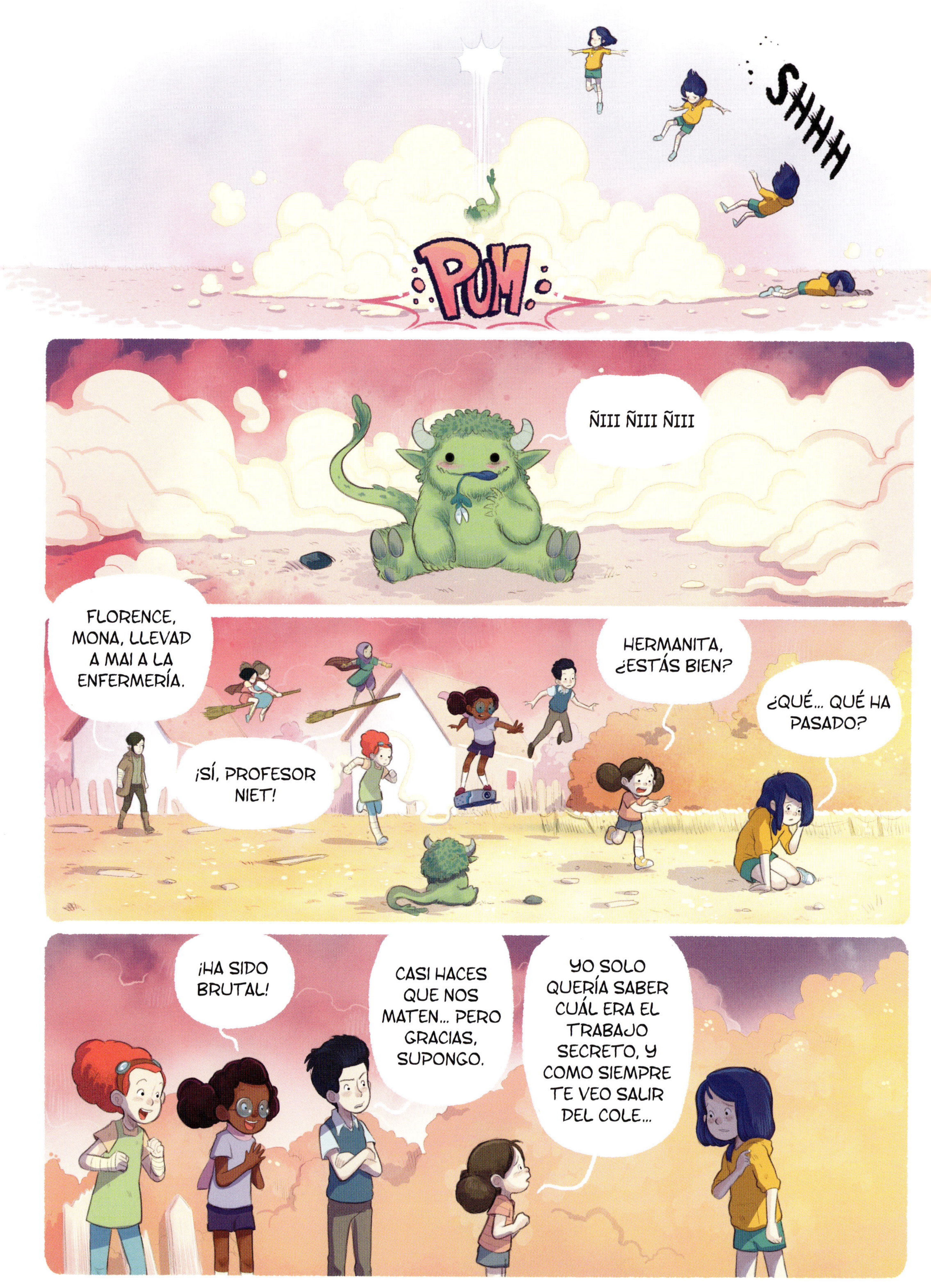
SHHH
PUM
ÑIII ÑIII ÑIII
FLORENCE, MONA, LLEVAD A MAI A LA ENFERMERÍA.
¡SÍ, PROFESOR NIET!
HERMANITA, ¿ESTÁS BIEN?
¿QUÉ... QUÉ HA PASADO?
¡HA SIDO BRUTAL!
CASI HACES QUE NOS MATEN... PERO GRACIAS, SUPONGO.
YO SOLO QUERÍA SABER CUÁL ERA EL TRABAJO SECRETO, Y COMO SIEMPRE TE VEO SALIR DEL COLE...

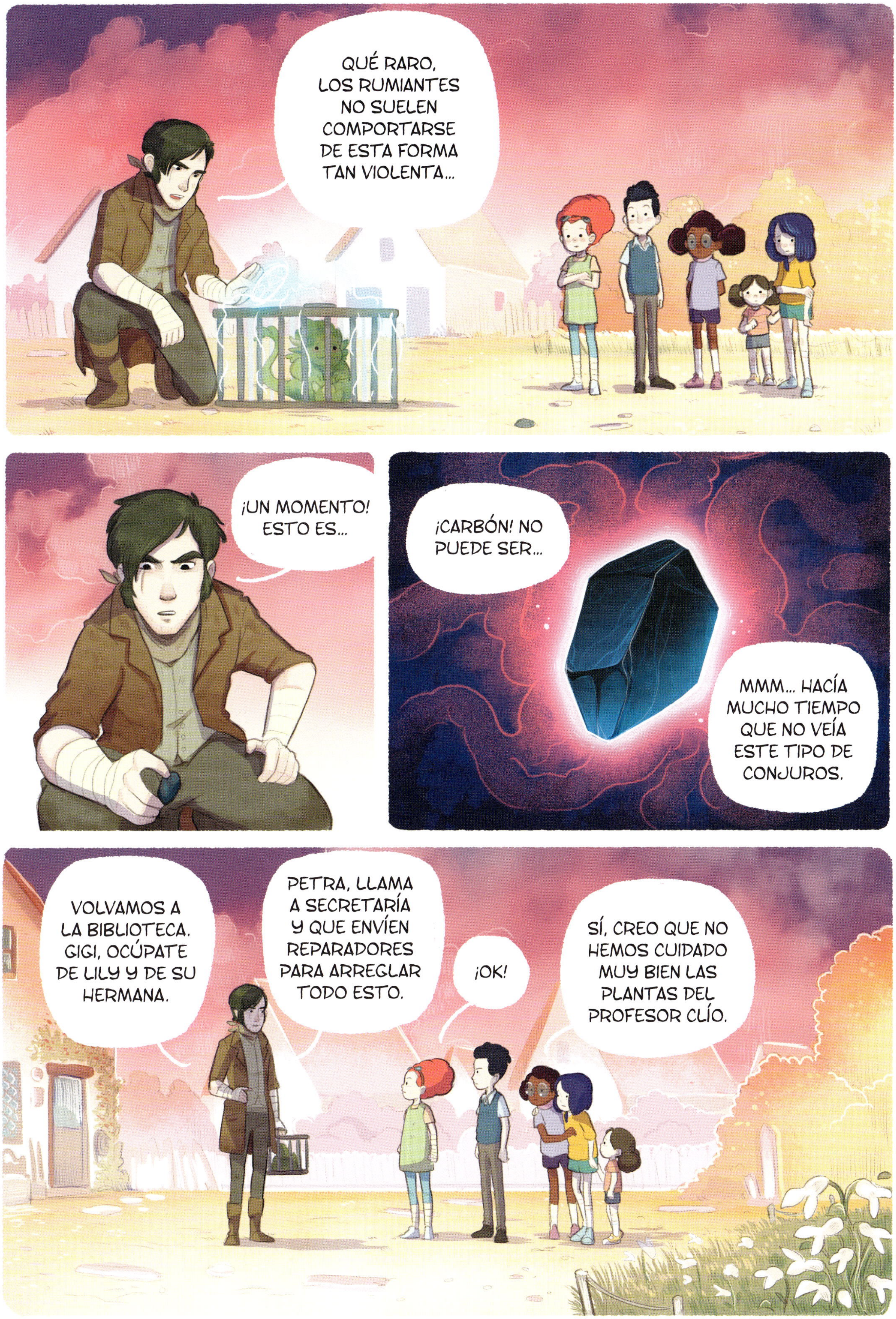
QUÉ RARO, LOS RUMIANTES NO SUELEN COMPORTARSE DE ESTA FORMA TAN VIOLENTA...
¡UN MOMENTO! ESTO ES...
¡CARBÓN! NO PUEDE SER...
MMM... HACÍA MUCHO TIEMPO QUE NO VEÍA ESTE TIPO DE CONJUROS.
VOLVAMOS A LA BIBLIOTECA. GIGI, OCÚPATE DE LILY Y DE SU HERMANA.
PETRA, LLAMA A SECRETARÍA Y QUE ENVÍEN REPARADORES PARA ARREGLAR TODO ESTO.
¡OK!
SÍ, CREO QUE NO HEMOS CUIDADO MUY BIEN LAS PLANTAS DEL PROFESOR CLÍO.

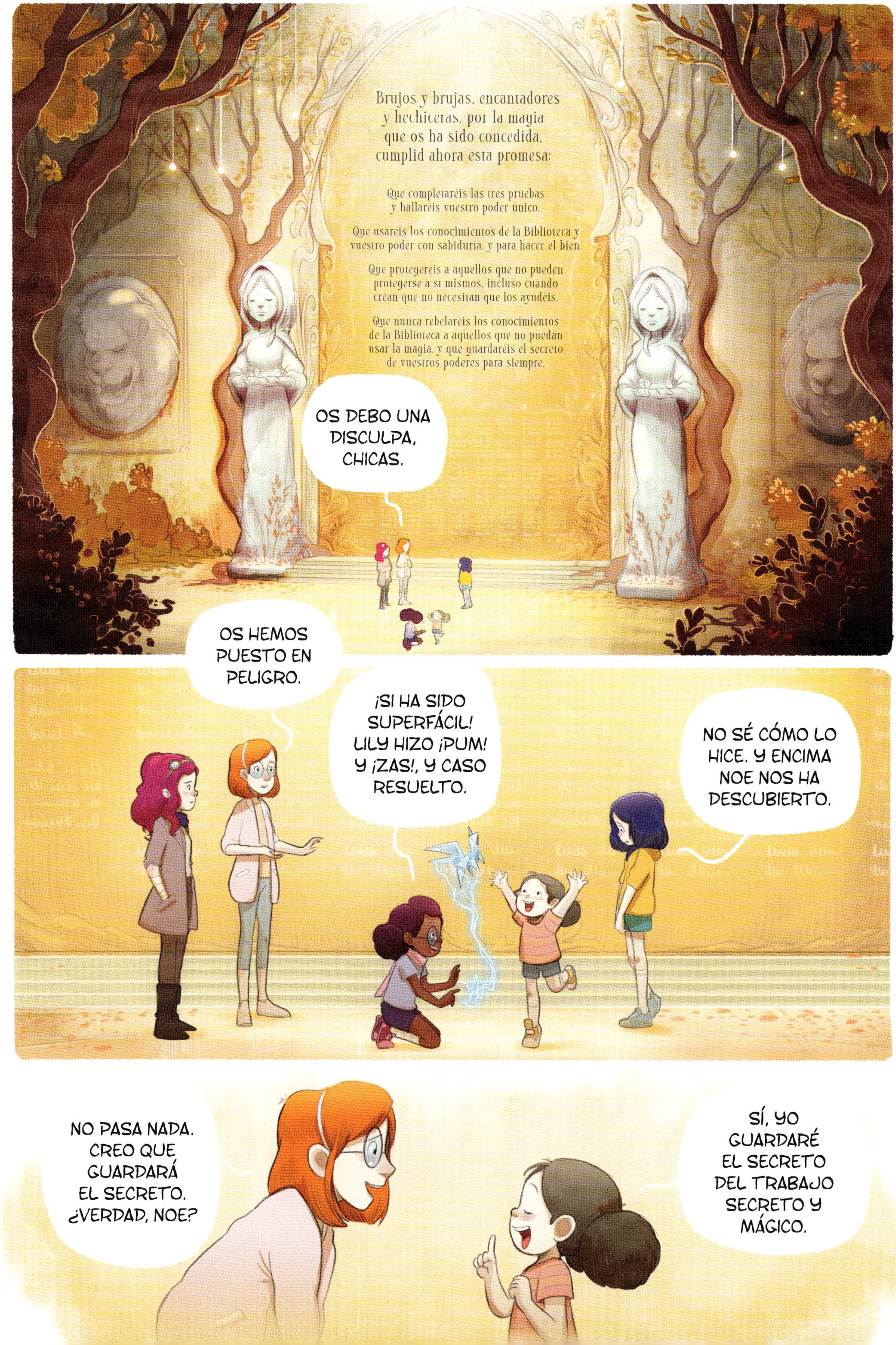
Brujos y brujas, encantadores
y hechiceras, por la magia
que os ha sido concedida,
cumplid ahora esta promesa:
Que completaréis las tres pruebas
y hallaréis vuestro poder único.
Que usaréis los conocimientos de la Biblioteca y
vuestro poder con sabiduría, y para hacer el bien.
Que protegeréis a aquellos que no pueden
protegerse a sí mismos, incluso cuando
crean que no necesitan que los ayudéis.
Que nunca rebelaréis los conocimientos
de la Biblioteca a aquellos que no puedan
usar la magia, y que guardaréis el secreto
de vuestros poderes para siempre.
OS DEBO UNA DISCULPA, CHICAS.
OS HEMOS PUESTO EN PELIGRO.
¡SI HA SIDO SUPERFÁCIL! LILY HIZO ¡PUM! Y ¡ZAS!, Y CASO RESUELTO.
NO SÉ CÓMO LO HICE. Y ENCIMA NOE NOS HA DESCUBIERTO.
NO PASA NADA. CREO QUE GUARDARÁ EL SECRETO. ¿VERDAD, NOE?
SÍ, YO GUARDARÉ EL SECRETO DEL TRABAJO SECRETO Y MÁGICO.

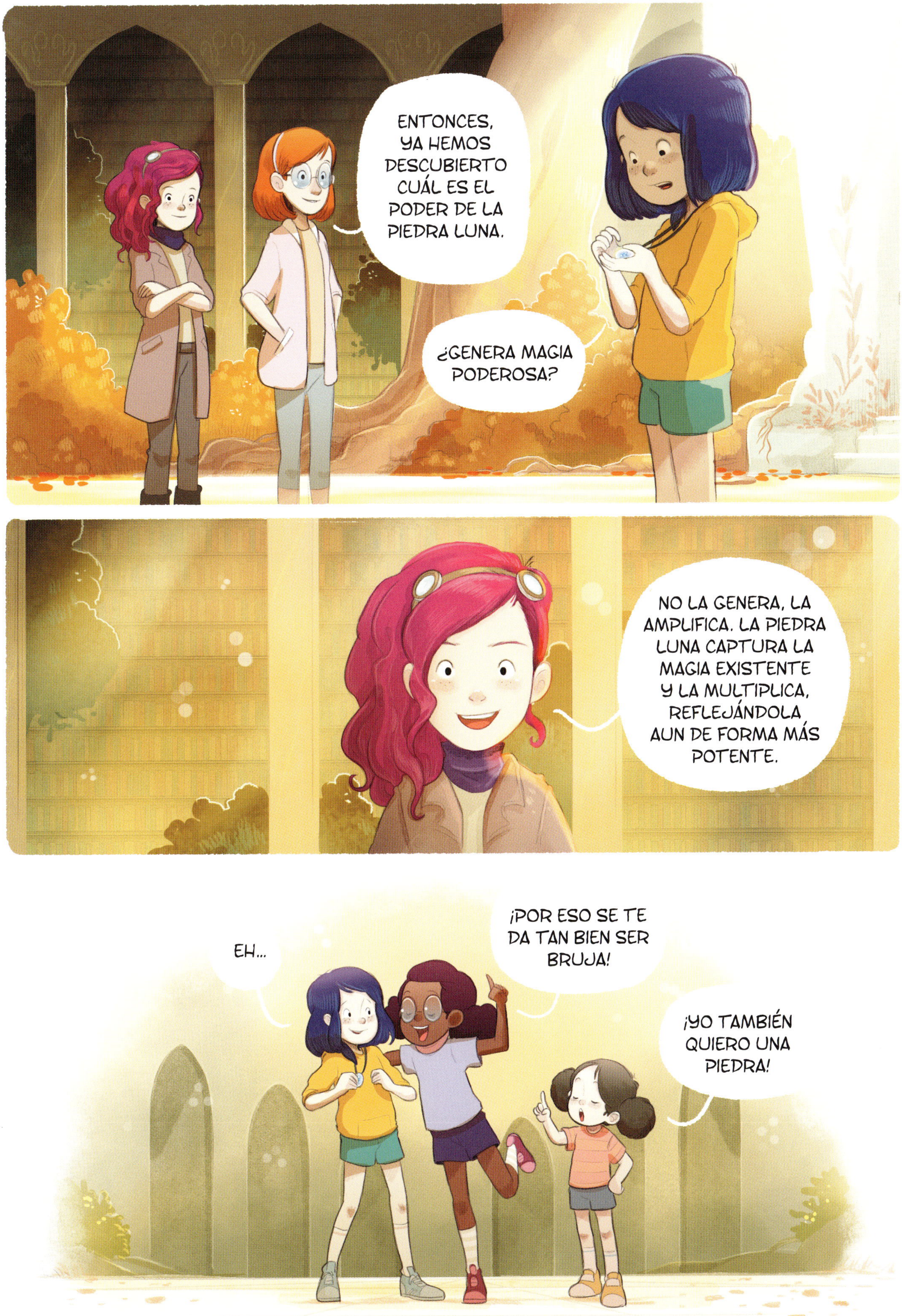
ENTONCES, YA HEMOS DESCUBIERTO CUÁL ES EL PODER DE LA PIEDRA LUNA.
¿GENERA MAGIA PODEROSA?
NO LA GENERA, LA AMPLIFICA. LA PIEDRA LUNA CAPTURA LA MAGIA EXISTENTE Y LA MULTIPLICA, REFLEJÁNDOLA AUN DE FORMA MÁS POTENTE.
EH...
¡POR ESO SE TE DA TAN BIEN SER BRUJA!
¡YO TAMBIÉN QUIERO UNA PIEDRA!

Anexo

329

Enciclopedia de las Piedras de Poder

La Piedra Luna

Por Sophie Miravella

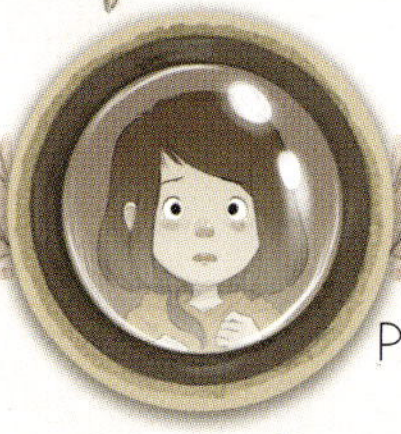

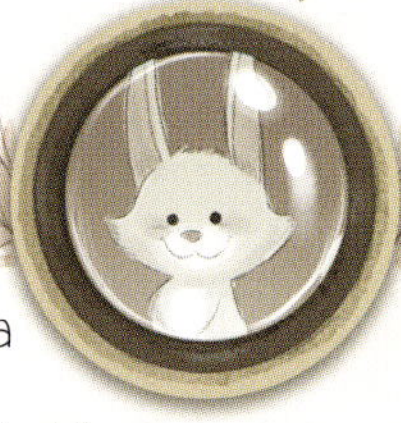

Primera formación conocida:
hecha por Lily Medialuna, en 2022
Portador: Kit Medialuna, Guardián de la bruja Lily Medialuna

De poderes desconocidos hasta entonces, la Piedra luna no se había analizado en toda la historia de la magia hasta el año 2022.

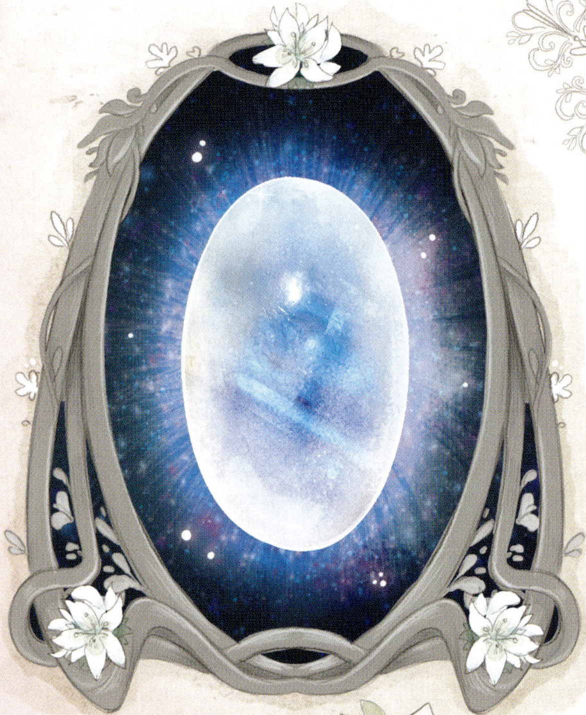

Características:

Piedra luna o adularia.

Variedad: gema de la ortosa, feldespato potásico del subgrupo de los tectosilicatos.

Color: blanco translúcido.

Reflejo: iridiscente.

Brillo: adularescente.

Dureza: 6, en la escala de Mohs.

Origen: Asia y Oceanía, principalmente.

Lily Medialuna canalizó por primera vez el poder de su Piedra luna el 23 de mayo de 2022, exactamente 30 días después de que Kit, su guardián, la encontrara.

Me pregunto qué habría pensado ella sobre esto...

Formación de la piedra:

Cabe la posibilidad de que las fases lunares afecten a la formación de la Piedra luna, y también a su poder.

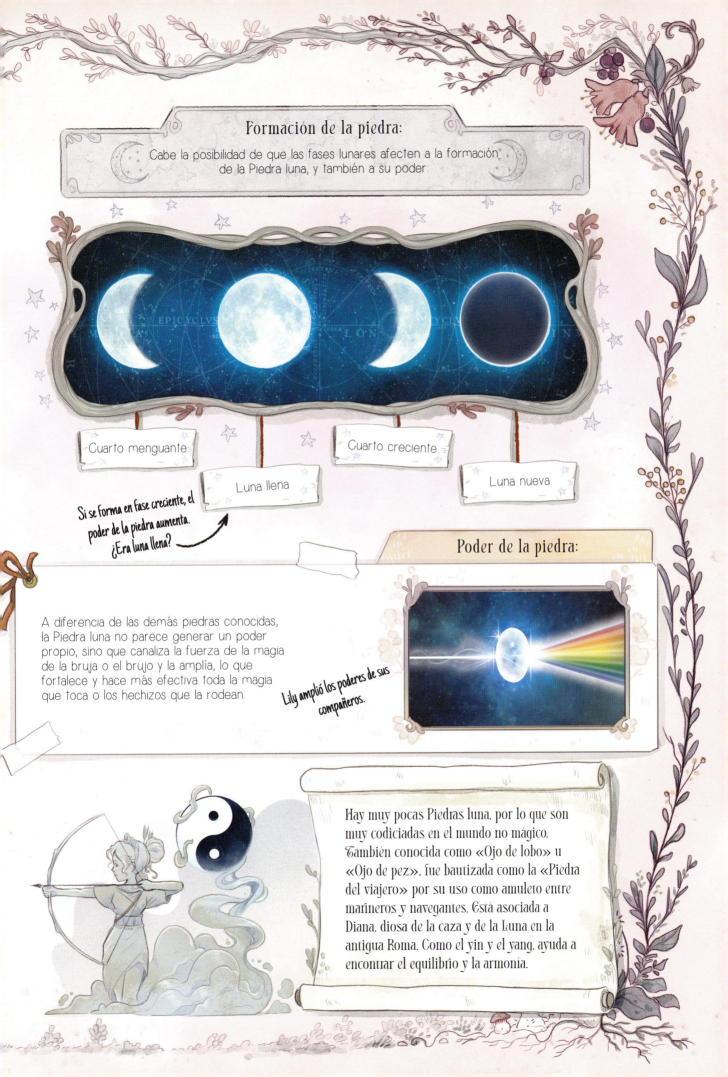

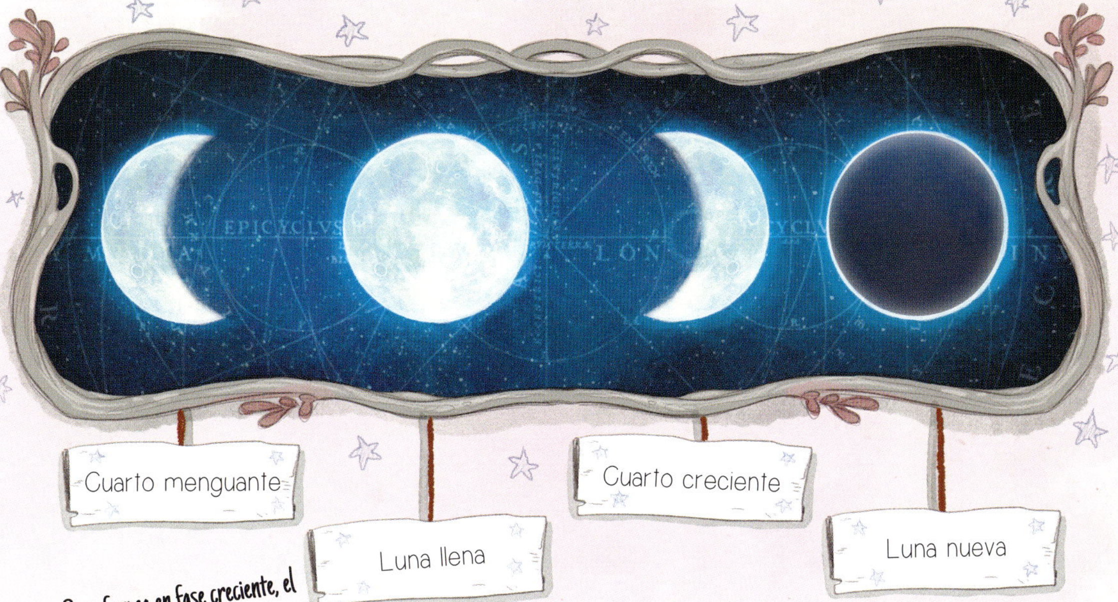
Cuarto menguante
Luna llena
Cuarto creciente
Luna nueva

Si se forma en fase creciente, el poder de la piedra aumenta. ¿Era luna llena?

Poder de la piedra:

A diferencia de las demás piedras conocidas, la Piedra luna no parece generar un poder propio, sino que canaliza la fuerza de la magia de la bruja o el brujo y la amplía, lo que fortalece y hace más efectiva toda la magia que toca o los hechizos que la rodean.

Lily amplió los poderes de sus compañeros.

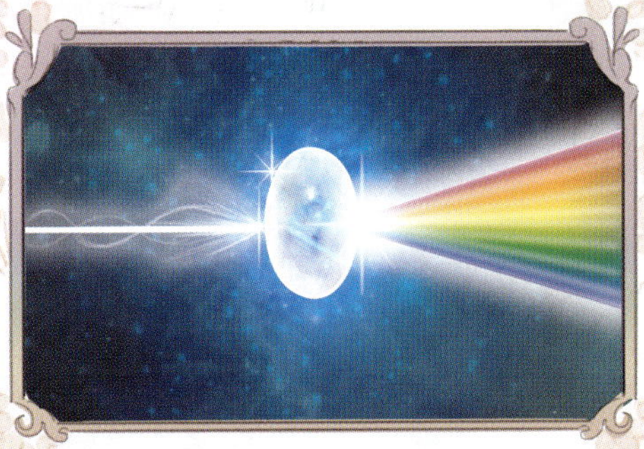

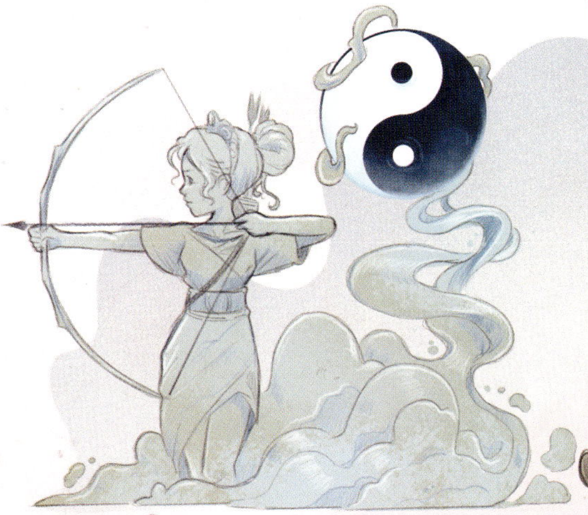

Hay muy pocas Piedras luna, por lo que son muy codiciadas en el mundo no mágico. También conocida como «Ojo de lobo» u «Ojo de pez», fue bautizada como la «Piedra del viajero» por su uso como amuleto entre marineros y navegantes. Está asociada a Diana, diosa de la caza y de la Luna en la antigua Roma. Como el yin y el yang, ayuda a encontrar el equilibrio y la armonía.

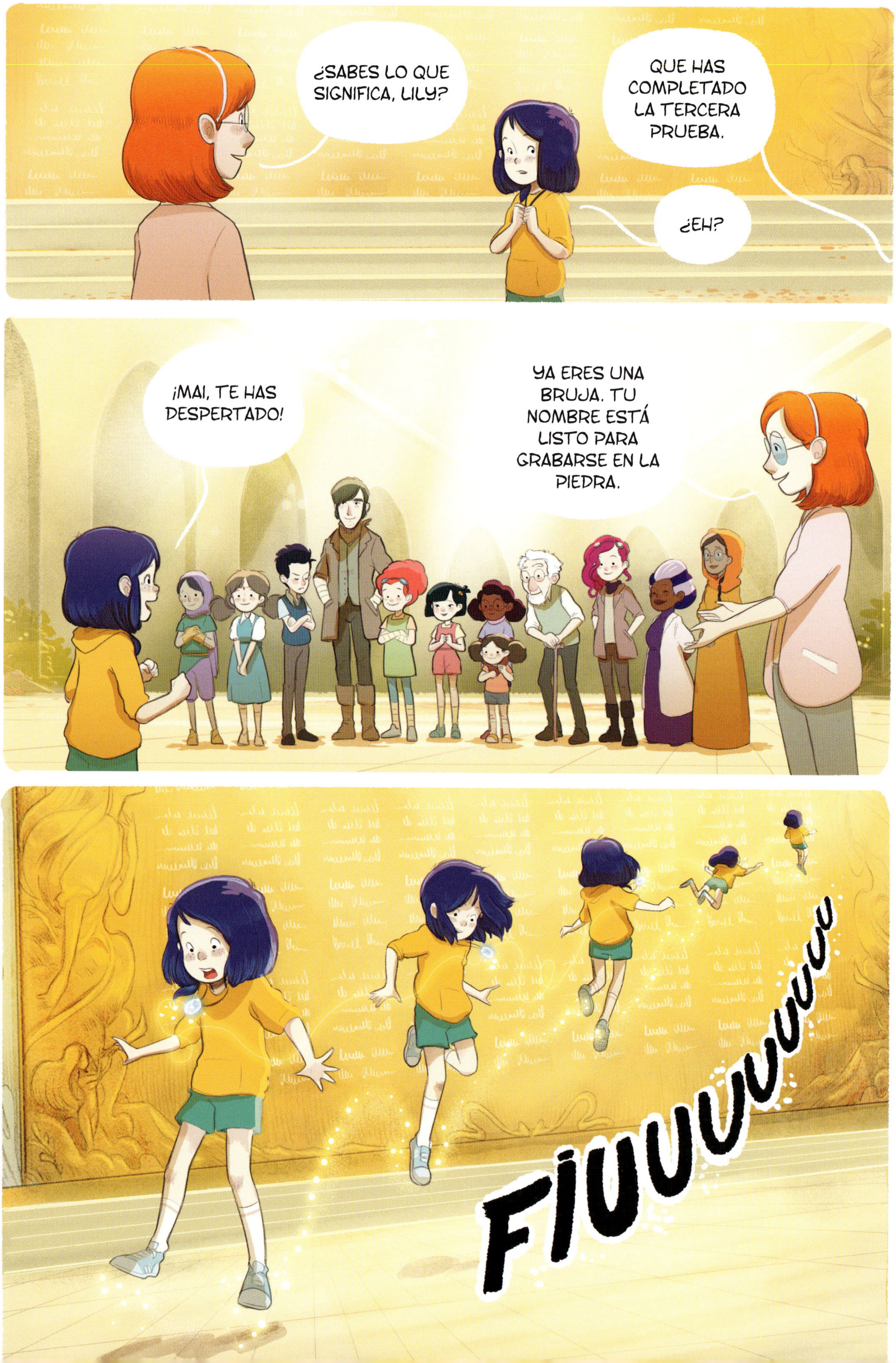
¿SABES LO QUE SIGNIFICA, LILY?
QUE HAS COMPLETADO LA TERCERA PRUEBA.
¿EH?
¡MAI, TE HAS DESPERTADO!
YA ERES UNA BRUJA. TU NOMBRE ESTÁ LISTO PARA GRABARSE EN LA PIEDRA.
FIUUUUUUUUU

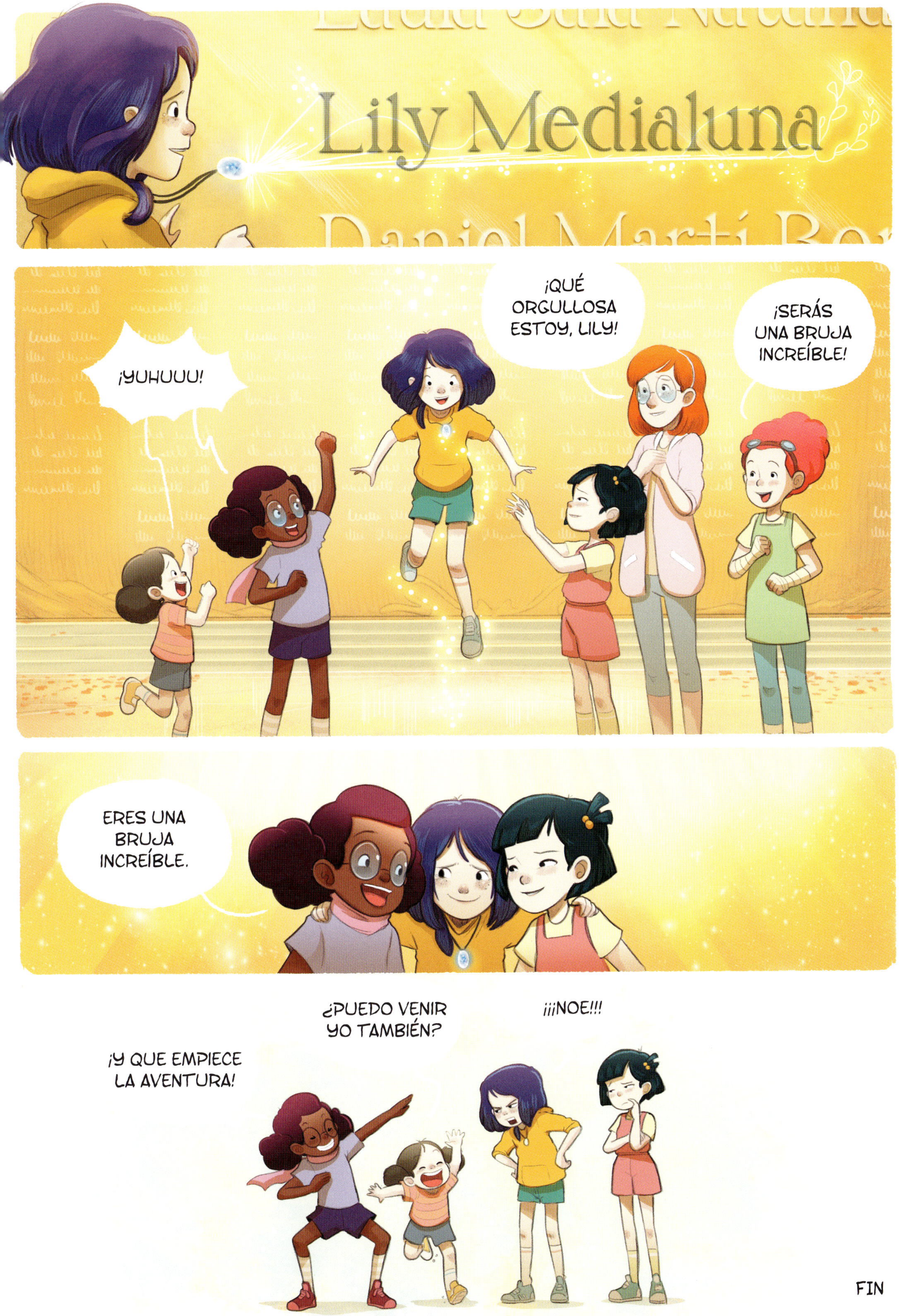
Lily Medialuna
¡YUHUUU!
¡QUÉ ORGULLOSA ESTOY, LILY!
¡SERÁS UNA BRUJA INCREÍBLE!
ERES UNA BRUJA INCREÍBLE.
¡Y QUE EMPIECE LA AVENTURA!
¿PUEDO VENIR YO TAMBIÉN?
¡¡¡NOE!!!
FIN

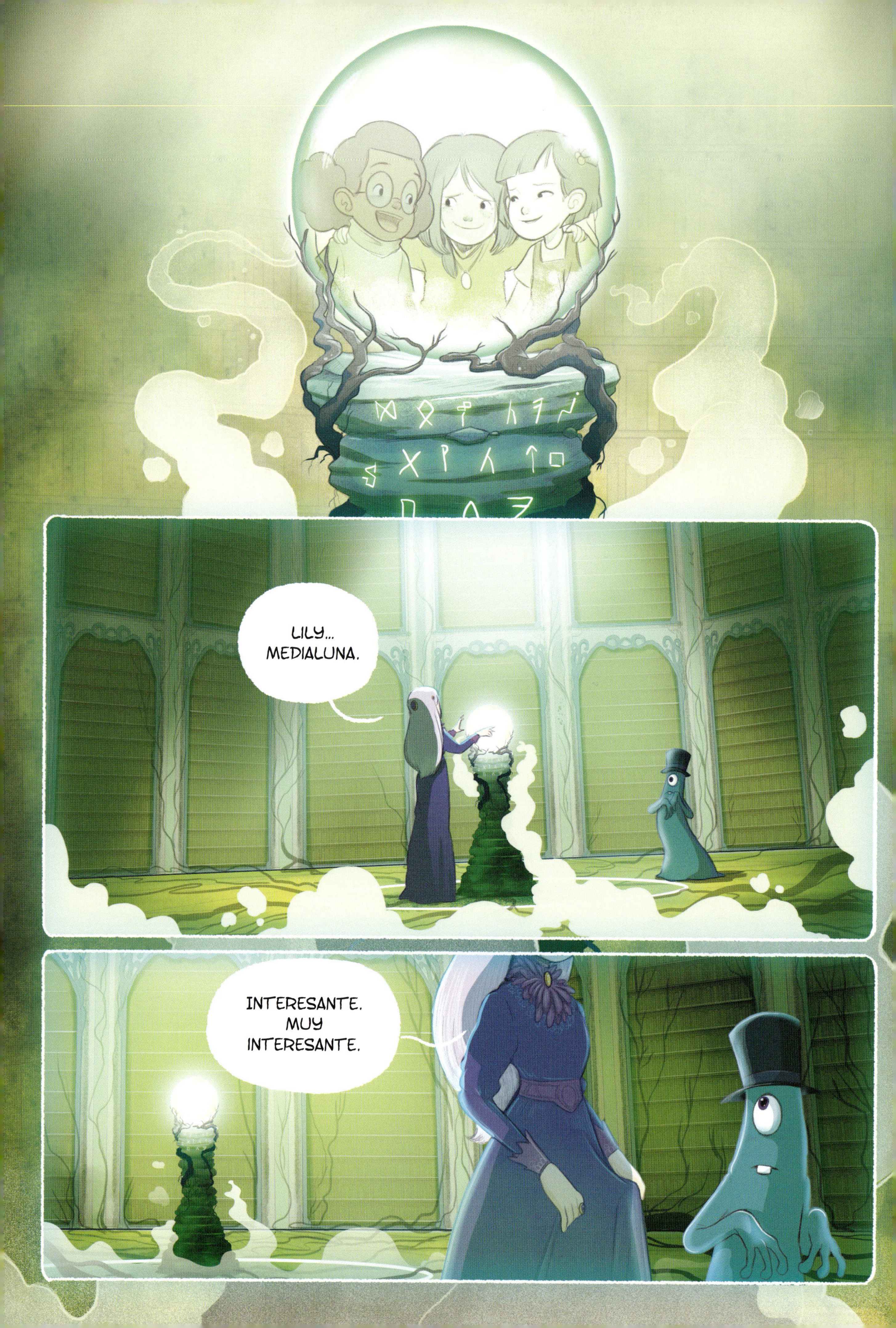
LILY...
MEDIALUNA.
INTERESANTE.
MUY
INTERESANTE.

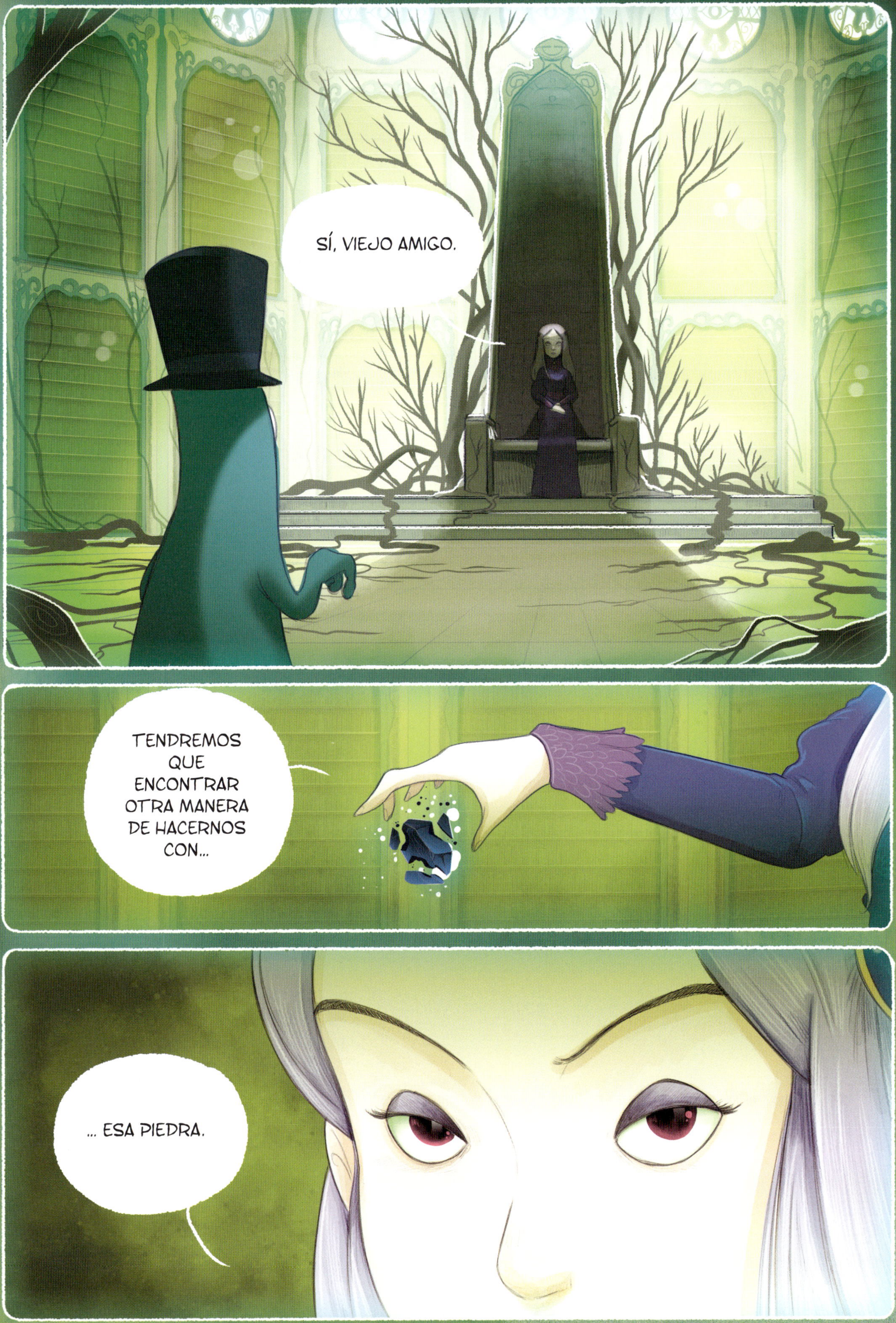
SÍ, VIEJO AMIGO.
TENDREMOS QUE ENCONTRAR OTRA MANERA DE HACERNOS CON...
... ESA PIEDRA.

Lily Medialuna

Edad: 9 años
Altura: 1,40 m
Cumpleaños: 12 de julio
Signo: Cáncer

Le gusta:
- El chocolate con leche
- Las sudaderas
- Hacer deporte

No le gusta (nada):
- Las sorpresas

En su piedra lleva:
- ¡A Kit!

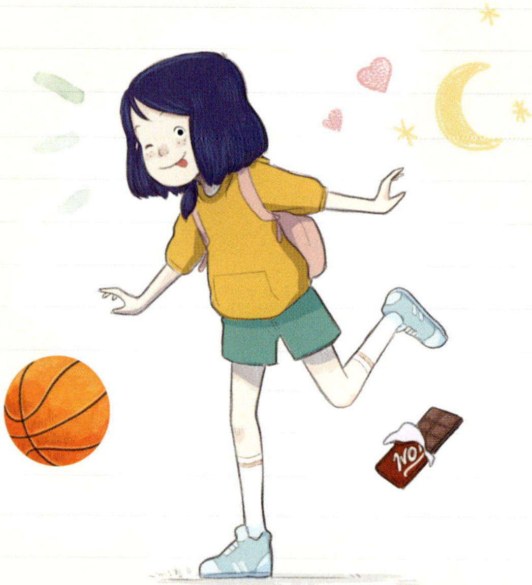

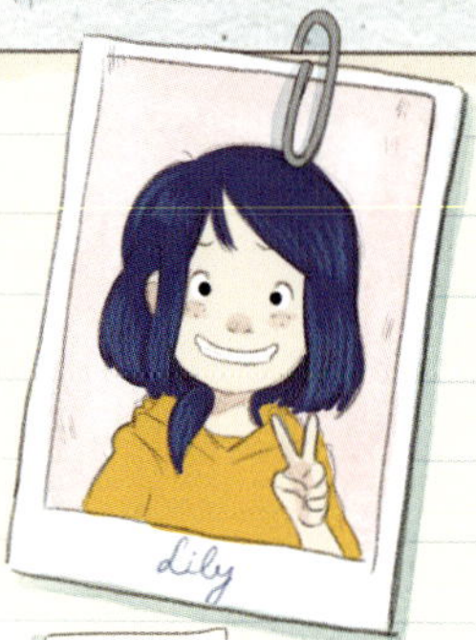
Lily

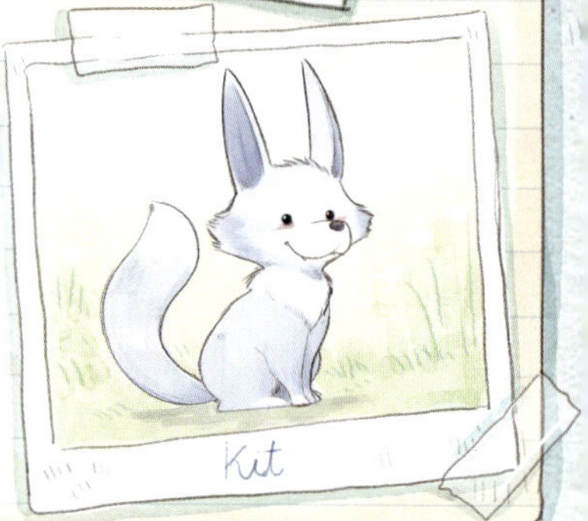
Kit

Gigi Kimai

Edad: 8 y medio
Altura: 1,37 m
Cumpleaños: 25 de abril
Signo: Tauro

Le gusta:
- Los circuitos
- Volar
- Tocar el ukulele

No le gusta (nada):
- Nadar

En su piedra lleva:
- A Gea
- Su colección de microchips vintage

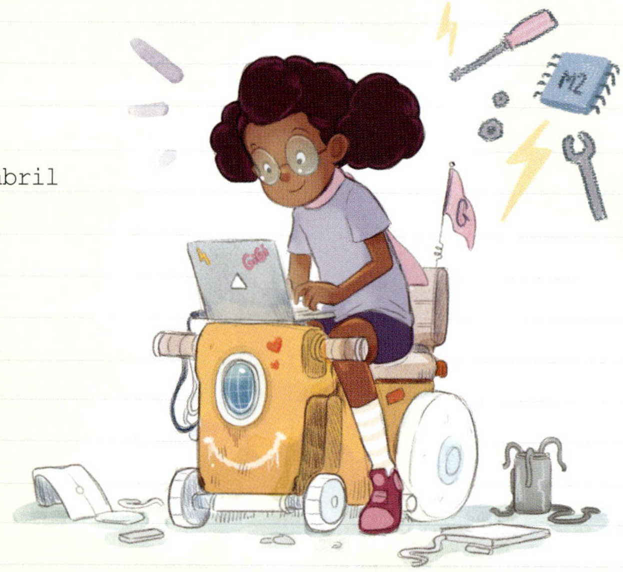

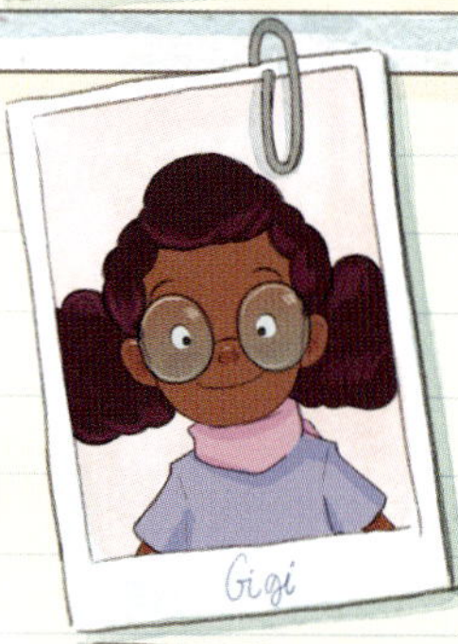
Gigi

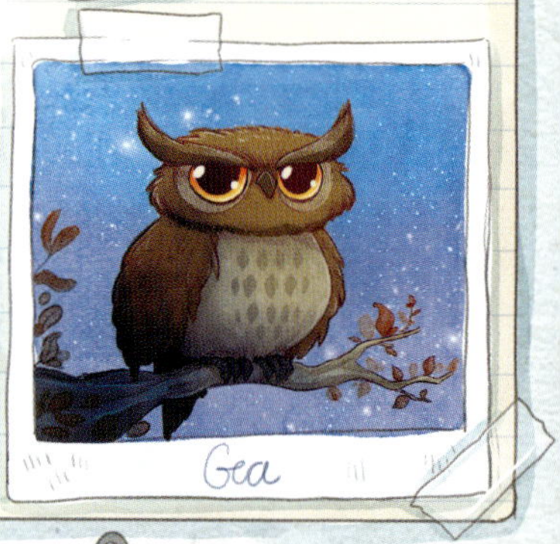
Gea

Mai Sze

Edad: 9 años
Altura: 1,35 m
Cumpleaños: 19 de noviembre
Signo: Escorpio

Le gusta:
- La lluvia
- Hacer pasteles
- Libros de ciencia ficción

No le gusta (nada):
- Bailar

En su piedra lleva:
- A Axo
- Pociones antibichos

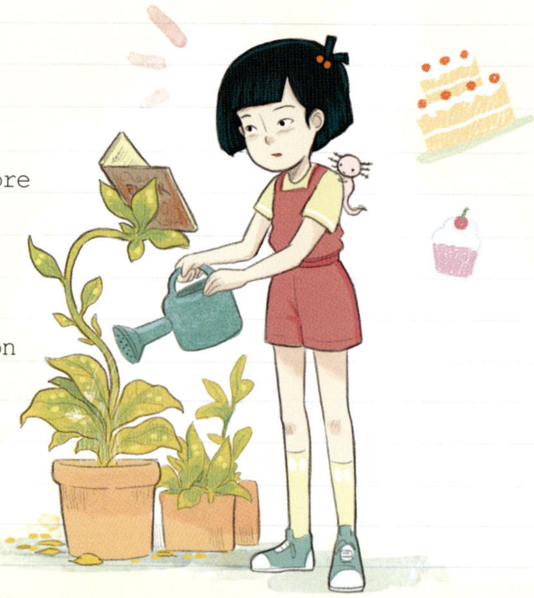

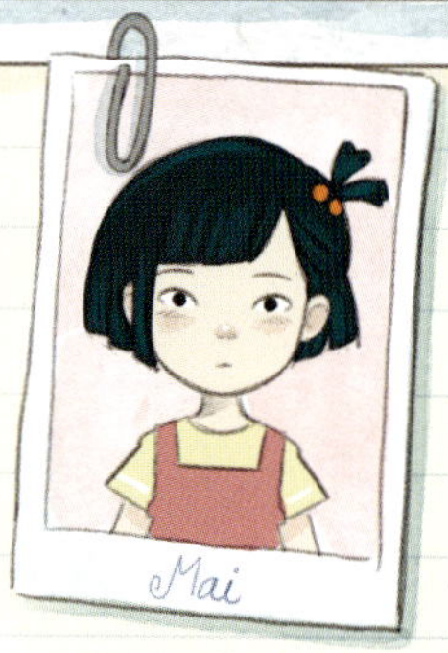
Mai

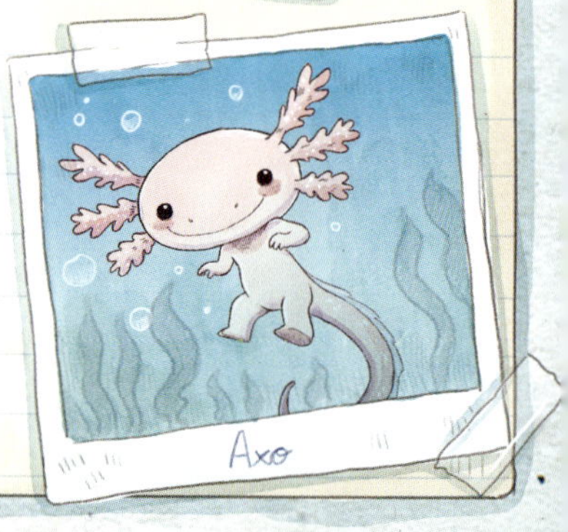
Axo

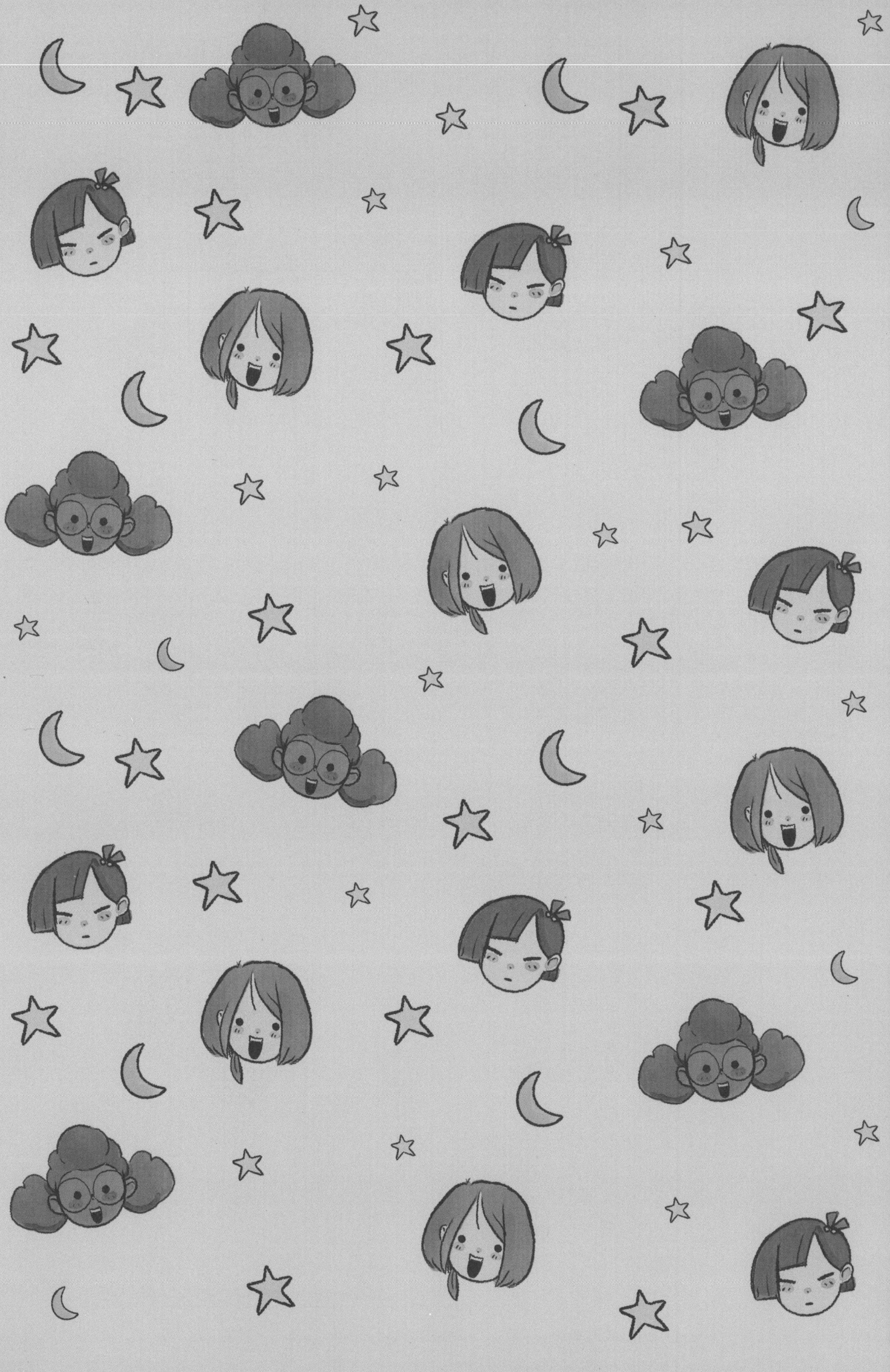